Chana Tausendfels

Immer am Wochenende

- ein Stück in Stücken

Personen:

Harry Beck, Vater – ein 40jähriger, etwas dicklicher, knapp 170 cm großer, stämmiger Mann mit Stiernacken und dunklen, braunen Augen. Er hat schwarze, kurze Haare mit Koteletten und trägt im Gesicht einen breiten Oberlippenbart. Vom Beruf ist er technischer Ingenieur, aktuell jedoch als Helfer in einer Druckerei beschäftigt.

Angie Beck, Mutter – eine 38 Jahre alt, ca. 155 cm große, übergewichtige Frau mit weichen, freundlichen Gesichtszügen. Sie hat dunkle, kurz gewellte Haare. Sie arbeitet in Teilzeit in der Kantine einer Fabrik.

Susi Beck, Tochter – ein 15jähriges Mädchen, 150 cm groß mit leichtem Übergewicht. Sie hat braune Augen und dunkelbraune, lange Haare, die sie meist offen trägt. Im Gesicht hat sie zahlreiche Sommersprossen. In den Ferien ist die Schülerin als Ferienarbeiterin in der Fabrik beschäftigt, in der auch ihre Mutter arbeitet.

Ricky Beck, Sohn – ein 13-jähriger Junge, ca. 180 cm groß mit hellbraunen, mittelkurzen Haaren, braunen Augen und schlaksigen Körperbau. Er ist Schüler und versucht seine Ferien zu genießen.

Berta Schwarz, Großmutter, eine ca. 70jährige, 155 cm große, stark übergewichtige Frau mit blauen Augen und weißen dauergewellten Haaren. Sie ist Witwe, Rentnerin und wohnt in einem eigenen Haushalt. Sie ist die Mutter von Angela Beck und kommt beinahe täglich zu Besuch.

Inge Siegel, Tante – dickliche Blondine Ende 30, mit großer Hornbrille, molligem Gesicht und blaugrünen Augen, angeschwollen Armen und Beinen, meist übertrieben geschminkt. Sie ist alleinerziehende Mutter eines sie überfordernden Knaben, den sie immer wieder verprügelt. Sie arbeitet in einem Fotogeschäft und ist Harry Becks Schwester.

Peter Schneider, Gerichtsvollzieher, ein junger, schlanker Mann Anfang 30, in unscheinbarem grauen Anzügen, Stirnglatze mit blonden Seitenlocken mit gekräuseltem Vollbart.

Zeit:

Ende August in den späten 1970er Jahren

Ort:

Küche

Auf der linken Seite neben der Türe ist ein weißer Kühlschrank auf welchem eine erbsengrüne Brotschneidemaschine steht. Danach ist eine hellbraune Einbauküche zu sehen. Sie besteht aus drei großen und einem kleineren Hängeschrank, einem Elektroherd mit vier Platten und darüber befindlicher Abzugshaube, zwei Unterschränken mit jeweils zwei Schubladen, und einer Spüle mit integriertem Unterbau für den Abfalleimer. Die Unterschränke sind mit einer dunkelbraunen Arbeitsplatte bedeckt, welche auch die Spüle umfasst. Unter dem ersten Hängeschrank ist die Wand mit einer Plastikfolie mit Blümchenmotiven beklebt, worauf ein kleines Holzregal mit Gewürzfläschchen montiert ist. Auf der Arbeitsplatte steht ein orangefarbener Radiowecker mit großen Ziffertafeln. Daneben, unter dem zweiten, etwas kleineren Hängeschrank kann man eine Abzugshaube sehen. An der Wand darunter sieht man eine Holzleiste, auf welcher grobe Holzbestecke hängen. Darunter befindet sich der Herd. Zwischen dem Freiraum nach dem Herd und dem Beginn der Spüle steht eine gleichfalls orangefarbene Kaffeemaschine. An der Wand unter dem dritten Hängeschrank ist eine Steckleiste für vier Elektrogeräte befestigt. Unter dem vierten Hängeschrank sieht man den weißbraunen Wasserboiler mit einem Wasserhahn über einer Spüle mit einem Becken und einer gerillten

Abtropfablage. Auf die Spüle folgt das Fenster mit roten Vorhängen mit dünnen, weißen und hellbraunen Kringel, dahinter schlichte weiß Gardinen. Das Fenster hat eine breite Bank, darunter befindet sich, eine ebenfalls mit blumigen Folien beklebte versehene Tür, wohinter sich einige Konserven und Einmachgläser befinden. Die Wand rechts neben dem Fenster ist mit einer Fototapete beklebt, deren Motiv Holzbretter zeigt. Darauf montiert ist eine wiederum orangefarbene Küchenwage, daneben etwas unterhalb befindet sich ein in einem dunklen Holzrahmen gelegtes schwarzweißes Hochzeitsbild der Eheleute Beck. Wiederum daneben ein Miniatursetzkasten mit allerlei kleinen, meist kitschigen Figuren von Tieren, Musikern und Instrumenten. An der Fensterwand beginnt sodann die eichenfarbige Eckbank mit blumiger Polsterbespannung, welche zu zwei Teilen dort und zu drei Teilen an einer Holztrennwand verläuft, welche die Küche vom angrenzenden Nebenzimmer abtrennt. Vor der Eckbank steht ein Holztisch, der auf einer Seite ausziehbar ist. Neben der Eckbank steht an der Trennwand ein Stuhl mit blumigem Sitzbezug. An der Schmalseite des Tisches steht ein zweiter Stuhl, zwei weitere Stühle stehen an der Längsseite des Tisches. In der Trennwand befindet sich gleich nach Tisch und Stühlen ein weiße, bereits etwas vergilbte Kunststoffschiebetür. Auf diese folgt auf der rechten Seite eine Telefonbank aus Eiche, auf welcher ein graues Tischtelefon mit Wählscheibe steht. An der Trennwand sind links und rechts oben je ein Gewürzkranz befestigt, dazwischen hängen in Zickzackform vier kleine Zinnteller mit Jagdmotiven die einen größeren Sederteller aus Keramik umgeben. An der Wand rechts neben der Küchentür, über der Telefonbank befindet sich eine Küchenuhr aus Holz mit goldfarbenen Zeigern und römischen Ziffern. Der Küchenboden ist mit einem blau, rot, weiß, grün und gelb, gestrichelten Teppichboden belegt, der an manchen Stellen schon etwas ausgefranst ist. Die restlichen Wände des Raumes sind mit einer großgemusterten Blumentapete tapeziert. Die Decke ist weiß und über dem Esstisch hängt eine hellbraune Bastlampe mit einer 100 Volt-Birne.

1. Akt

1. Szene

Freitag morgens. Frühstück.

Die Mutter betritt in grünem Schlafanzug stark hustend die Küche. Sie gähnt, reibt sich ihren Schlaf aus den Augen, danach geht sie zum Tisch und entnimmt einer Schachtel eine Zigarette und zündet sie sich an. Sie legt zuerst die Schachtel und dann das Feuerzeug zurück auf den Tisch, direkt unter den Lichtkegel der Deckenlampe. Sie nimmt einige kräftige Züge an der Zigarette und beginnt sogleich erneut zu husten. Sie nimmt noch einen Zug und legt den Glimmstängel im Aschenbecher ab. Nun beginnt sie damit den Frühstückstisch für zwei Personen zu decken. Aus dem Hängeschrank über der Spüle holt sie zwei Teller, zwei Tassen und zwei Unterteller. Aus der ersten Schublade des Unterschranks neben dem Herd entnimmt Kaffeelöffel und Messer. Ein Kaffeegedeck stellt sie auf die Schmalseite des Tisches an welcher sich ihr Stammplatz auf der Sitzbank befindet. Das andere Gedeck platziert sie auf die Längsseite des Tisches. Schließlich bedient sie die Kaffeemaschine, füllt Wasser in die Kanne und setzt Kaffee an. Dann holt sie einen Brotlaib aus dem ersten Unterschrank und schneidet mit der Brotschneidemaschine vier Scheiben ab, holt dann aus dem ersten Hängeschrank einen Brotkorb und legt die Brotscheiben hinein. Dann stellt sie den Brotkorb auf den Tisch und holt aus dem Kühlschrank Milch, Butter, Käse und Wurst, die sie auf Tellern ebenfalls auf den Tisch platziert. Sie drückt ihre verqualmte Zigarette aus, zündet übergangslos eine neue an, die sie sogleich wieder im Aschenbecher ablegt. Sodann verlässt sie die Küche, um ihren Sohn zu wecken.

Kurz darauf öffnet sich die Schiebetür in der Holzwand und Susi, die Tochter tritt mit zerwühlten Haar, verschlafenen Gesicht, mit Unterhose und T-Shirt bekleidet die Küche. Sie gähnt und streckt sich ausgiebig, während sie etwas durcheinander zum Tisch und dann erschreckt zur Uhr blickt und sich dann mit einer theatralischen Geste an die Stirn greift.

Susi (zu sich selbst): *„Au Scheiße ... jetzt ist es schon wieder nach zehn! Was mach ich ... denn bloß!?"*

Sie überlegt kurz, beugt sich über den Tisch und nimmt schnell und heimlich zwei Züge von der brennenden Zigarette, und setzt sich dann mit dem Rücken zur Tür. Von draußen ist die Stimme der Mutter zu hören: *„Ja, jetzt sofort, sonst wird der Kaffee wieder kalt ..."*

Mutter (eintretend): *„Ich glaub ich spinn! Was, machst du denn noch hier?"*

Susi (verlegen): *„Ich hab' verschlafen."*

Sie dreht sich kurz zur Mutter, die hinter stehen geblieben ist.

Mutter: *„Ja, das seh ich auch. Hat dich der Papa nicht geweckt?"*

Susi: *„Ich glaub schon, aber ich bin wieder eingeschlafen."*

Mutter (empört): *„Ja, wie stellst du dir das denn vor? Du hast doch letzte Woche schon mal gefehlt und in der Woche davor auch schon. Macht dir die Arbeit kein Spaß mehr? Was glaubst du, wie mich der Brenner anschaut, wenn du dauernd fehlst? So geht's doch nicht weiter … das ist jetzt … der dritte … der dritte Vorfall in den drei Wochen, … wo du jetzt dort bist. Du kannst doch nicht laufend fehlen. Wenn das jeder machen würde …!"*

Susi unterbricht ihre Mutter: *„Ja, ich weiß. Tut mir leid, aber was soll ich jetzt machen?"*

Die Mutter setzt sich auf ihren Platz auf der Eckbank neben dem Fenster. Sie schaut überrascht zum Aschenbecher, schüttelt den Kopf, nimmt dann einen Zug von der Zigarette und legt sie mit einem erneuten Husten zurück.

„Was wohl? In die Arbeit gehen, was sonst. Was tust du denn noch rum?"

Susi (missmutig): *„Was? Jetzt noch? Bis ich von hier weg komm ist es halb elf und bis ich dort bin kann ich gleich Mittag machen. Ich kann ja nicht sagen, dass ich bis Mittag geschlafen hab', oder… halb elf ist doch viel zu spät. "*

Die Küchentür geht auf und der großgewachsene Sohn betritt die Küche. Er ist mit knielangen schwarzen Boxershorts und einem bedrucktem schwarzen T-Shirt begleitet, auf dem in großen weißen Lettern „läuft" zu lesen steht.

Ricky: „*Morgen! Was ist um halb elf zu spät?*"

Susi (ihn ignorierend): „*... außerdem ist heut ja eh schon Freitag. Da hören die sowieso früher auf.*"

Mutter: „*Nur wenn all gut mitgearbeitet haben.*"

Susi (abwehrend): „*Nö, letzte Woche hat die dicke Türkin auch gefehlt und trotzdem haben wir früher fertig gehabt.*"

Der Sohn lümmelt sich gebeugt auf den Holzstuhl und lauscht schmunzelnd. Er nimmt sich eine Scheibe Brot und beginnt damit zu frühstücken.

Mutter (entnervt): „*Na dann bleibst halt daheim, wenn unbedingt meinst.*"

Sie steht auf und holt den Kaffee von der Maschine und gießt welchen in die einzelnen Tassen, wofür niemand dankt.

Susi atmet erleichtert auf.

Ricky (zur Schwester): „*Kein Appetit heute?*"

Mutter und Tochter starren auf den Brotkorb, die Mutter nimmt noch einen kräftigen Zug von der Zigarette und drückt sie sodann im Aschenbecher aus.

Mutter (zum Sohn): „*Seit wann bist du eigentlich schon auf?*"

(zur Tochter): *„Geh, hol dir einen Teller und ne Tasse, oder meinst, dass ich dich auch nicht bedienen soll?"*

Susi (steht missmutig auf) und murmelt *„ja, so wie den …da"*. Sie holt sich aus den Schränken Teller, Tasse, Besteck und schneidet sich drei Scheiben Brot mit der Maschine ab und setzt sich wieder. Die Mutter indessen sieht den Sohn erwartungsvoll an. Der kaut noch auf seinem Brot herum und antwortet dann: *„Seit sechs vor halb sechs, also fünf-uhr-vierundzwanzig."*

Mutter (irritiert): *„Was …?"*

Susi: *„Was gehst denn überhaupt noch ins Bett? Kannst doch gleich wach bleiben."*

Die Mutter hustet zwei, dreimal, nimmt dann einen kräftigen Schluck von ihrem Kaffee, ehe sie sich eine weitere Zigarette anzündet. Sie steht auf und geht zur Kaffeemaschine und gibt weiteres Pulver in den Filter und noch etwas Wasser für weiteren Kaffee. Dann setzt sie sich wieder, ihre Kinder schweigen unterdessen.

Susi blickt auf ihre leere Tasse und fragt: *„Gibt's noch Kaffee?"*

Mutter (verärgert): *„Jetzt hab' ich mich gerade hingesetzt. Hättest nicht vorher was sagen können? Ich steh jetzt nicht nochmal auf. Hol dir selber einen. Aber jetzt wart erst mal, bis der Kaffee durchgelaufen ist, sonst gibt es wieder so eine Sauerei."*

Mutter (zum Sohn): „*Und machst du jetzt so früh schon auf?*"

Ricky: „*Beten.*"

Susi lacht los: „*Ach beten nennt man das jetzt? So wie vorgestern früh im Bad, oder?*"

Mutter: „*Was war da?*"

Susi: „*Er hat sich einen runtergeholt.*"

Ricky: „*Du träumst!*"

Susi: „*Ich? Von Dir? Sicher nicht.*"

Sie steht auf und holt die Kaffeekanne und schenkt allen ein oder nach. Zum Bruder zugewandt: „*Bitte schön, der Herr!*"

Mutter: „*Ich möchte einmal erleben, dass wir als Familie ein friedliches Wochenende erleben, so wie in den anderen Familien.*"

Ricky faltet seine Hände und verneigt sich mit einem Lächeln kurz zur Schwester: „*Allah sei Deiner Seele gnädig!*"

Susi: „*Fängt er mit dem Scheiß wieder an!*"

Sie beginnt wie ihre Mutter zu frühstücken. Während diese sich ein Marmeladenbrot streicht, belegt Susi sich eine Scheibe Brot mit Wurst und legt es zusammen.

Ricky (in zitierendem Tonfall mit erhobenen Zeigefinger: *„Und siehe, wahrlich Dschehenam wird die Ungläubigen umfassen."*

Susi: *„Dschehe ... was?"*

Ricky: *„Das Höllenfeuer, Fräulein Beck."*

Susi: *„Da lachen ja die Hühner."*

Ricky im ernsten Ton: *„Wir werden sehen. Vielleicht gibst du dann ein gutes Brathuhn ab."*

Susi (schnauzend): *„Blöder Wixer!"*

Mutter (dazwischenrufend): *„Na, jetzt aber. Hörts auf ihr Kindsköpf."*

Susi sieht empört zur Mutter, die gerade von ihrem Brot abbeißt.

Susi: *„Ich muss mir von dem Lackel doch nicht solche Gemeinheiten bieten lassen, oder?"*

Mutter: *„Scheinbar hast ja nix besseres zu tun."*

Susi: *„Wieso?"*

Mutter (trocken): *„Ich dachte, du wolltest vielleicht in der Firma anrufen? Ich hab' jetzt nichts gesagt, um abzuwarten, ob du selbst auf die Idee kommst, aber dem ist wohl nicht so."*

Ricky schaut genervt zur Decke: *„Du musst ihr mehr Zeit lassen. Sie ist vorhin erst wachgeworden."*

„Halt du dich da raus. Wir reden nachher noch was.", ermahnt ihn seine Mutter.

Susi ist erst irritiert, wirft dann ihrem Bruder einen finsteren Blick zu, um sogleich flehend zu ihrer Mutter zu sehen: *„Kannst du nicht anrufen? Bitte, bitte."*

Mutter: *„Jetzt hackt es aber aus. Du bist doch alt genug, oder?"*

Ricky beendet sein Frühstück mit einem Schluck Kaffee und steht auf. Zur Mutter gewandt sagt er: *„Ich geh jetzt schwimmen. Ich treff mich mit Danny und Josef. Sag bitte der Oma, dass ich bis halb drei Uhr wieder da bin."*

Mutter: *„Warum? Willst heut auch wieder mit ihr mitgehen?"*

Ricky: *„Ja!"*

Mutter: *„Aber zum Abendessen bist schon wieder da?"*

Susi (mit Blick zur Uhr): *„Mama, bitte!"*

Ricky: *„Ja, geht klar. Ich hoff nur, dass es nicht wieder so ein Gemetzel gibt wie beim letzten Mal."*

Er verlässt das Zimmer. Auch die Mutter beendet nun ihr Frühstück. Sie steht auf und stellt das benutzte Geschirr von sich und dem Sohn aufeinander. Dabei murmelt sie vor sich hin: *„Der meint auch, dass es reicht, die Sachen alle liegen und stehen zu lassen und abzuhauen."* Zu Susi gewandt sagt sie: *„Du lässt dir heute ganz schön viel Zeit."*

Sie nimmt das Geschirr vom Tisch und stellt es ins Spülbecken.

Susi: *„Mama, bitte!"*

Mutter: *„Was denn?"*

Susi (verzweifelt): *„Bitte, ruf du doch an. Ich weiß doch nicht, was ich sagen soll. Es ist doch schon so spät."*

Mutter: *„Eben. Aber ich soll es wissen? Na, du hast vielleicht Nerven."*

Susi: *„Aber dir fällt doch immer was ein."*

Mutter (noch immer gereizt): *„So?!"* Sie setzt sich wieder und zündet sich eine weitere Zigarette an und seufzt.

„Also gut, weil du's bist. Aber dafür wäscht du das Geschirr ab und bringst den Müll raus."

Susi springt auf, geht zur sitzenden Mutter und umarmt sie: *„Danke, Mama, du bist die Beste. Bleib sitzen. Ich hol dir das Telefon."*

Mutter: *„Ja, beeil dich. Ich muss mich noch anziehen. Bin sowieso spät dran. Es ist noch nichts gemacht und die Oma müsst auch bald kommen."*

Susi geht zur Telefonbank, nimmt das Gerät und stellt es ihrer Mutter an den Tisch. Dann räumt sie ihr Geschirr ebenfalls ins Spülbecken, wirft ihrer Mutter eine Kusshand zu und geht in ihr Zimmer zurück. Während die Mutter gedankenverloren Rauchkringel vor sich hin bläst, kommt Susi wieder mit Kleidung unterm Arm aus ihrem Zimmer.

Susi: *„Ich geh mich schnell im Bad anziehen."*

Die Mutter nickt ihr. Susi verlässt die Küche.

Die Mutter hebt den Hörer ab. Sie klopft die Zigarette in der anderen Hand haltend im Aschenbecher ab, überlegt kurz, legt dann die Zigarette ab, wählt eine Nummer und wartet.

Mutter: *„Ja, Grüß Gott … hier sprich Frau Beck. Ich hätte gern mal Herrn Rauball gesprochen …, … ja, von der Galvanik. Ja …?"*

Sie zieht nochmal an ihrer Zigarette, drückt sie dann im Aschenbecher aus.

Mutter: *„Ja, grüße Sie Herr Rauball, Frau Beck hier, von der Hausfrauenschicht. Ja …? Ich ruf an wegen meiner Tochter, der Susanne, weil … wissen's, ihr geht's seit heut Früh so schlecht, … es würgt sie dauernd. Ja …? Äh, ja … Ich hab' ihr schon gesagt, dass sie zum Arzt gehen soll. Ja …? Ja, genau, das hab' ich ihr auch gesagt. Wie? Ja, ja, … sie ist, … sie ist schon gegangen … (unsicher) … ja, vorhin."*

Die Tochter kommt leise in die Küche zurück. Sie trägt einen moosgrünen Faltenrock, eine gelbe Rüschenbluse und Kniestrümpfe und setzt sich wieder an ihren Platz. Die Mutter sieht sie ernst an, hebt die Hand auf die Sprechmuschel und flüstert zur Tochter:

„Zum Arzt musst, sagt er."

Die Tochter nickt betroffen und sieht kurz zum Spülbecken.

Mutter: *„Ja … Mir? Mir, … geht es schon wieder besser. Ja, mei, wissen's so eine Angina ist halt schon nichts Leichtes. Aber meine Krankmeldung haben's ja bekommen."*

Sie sieht genervt zur Tochter.

„Ja, ich komm am Montag wieder. Ja, in alter Frische, Herr Rauball. Ja…? Wissen's sie hat halt sowas vorher noch nie gemacht. Gut, ich richt's ihr aus."

Susi sieht ängstlich zu ihrer Mutter.

„Gut, Herr Rauball. Ich wünsch ihnen dann noch ein schönes Wochenende. Grüßens mir auch ihre Gemahlin … und den Tobias. Wie geht's ihm denn jetzt? Ah, ja. Da sind Sie sicher stolz … Ja, danke, auf Wiedersehen, Herr Rauball. Ja. Ja."

Sie legt den Hörer auf.

Susi (angespannt): *„Und …? Was sagt er?"*

Mutter: *„Das war jetzt aber das letzte Mal, das sag ich dir!"*

Susi: *„Ja, was hat er denn jetzt gesagt?"*

Mutter: *„Ja, dass du zum Arzt gehen musst, wegen einem Attest, weil dir das Fehlen sonst vom Lohn abgezogen* wird. Und dass du schon das dritte Mal in drei Wochen fehlst. Das geht so nicht."

Susi: „Gut, dann geh ich halt zum Arzt. Wird schon nicht so wild sein."

Mutter: „Ja, von wegen ‚nicht so wild' – die drücken alle nur beide Augen zu, weil du eben meine Tochter bist."

Susi (aufgebracht): „Was soll das heißen?"

Mutter: „Ja, mei, weil du halt zu viel kaputt machst. Das Zeug kostet schließlich einen Haufen Geld. Du machst mehr Ausschuss, als dass du was zusammenbringst hat er gesagt. Wenn das ein jeder tuen würd', könnte man den Laden zu machen."

Susi (aufgebracht): „Eine Frechheit ist das. So etwas zu sagen, hinterrücks. Zu mir sind sie alle ganz freundlich und sagen es passt schon. Und dann sowas? Dann geh ich halt gar nicht mehr hin, wenn ich ihnen eh alles kaputt mach."

Mutter (erbost): „Du spinnst wohl, willst mich vollends blamieren?"

Susi: „Ja, wenn man mich nicht braucht und alles schlecht findet, was ich mache. Was soll ich da dann tun? Dankbar sein, dass man schlecht hinter meinen Rücken redet?"

Mutter: „Ja, wie wär's denn wenn du dich künftig einfach mehr anstrengst? Die anderen Arbeiterinnen schaffen's doch auch."

Es klingelt an der Haustüre.

Susi (erleichtert): „*Das wird die Oma sein.*"

Die Tochter verlässt die Küche, kommt kurz darauf hastig zurück.

Susi (verschreckt): „*Der Gerichtsvollzieher ist es. Zu dir will er, sagt er.*"

Mutter (seufzend): „*Gott, auch das noch. Es bleibt einem nichts erspart.* (zur Tochter) *Geh, hol mir schnell meinen Morgenmantel und dann lass ihn rein, den Deppen.*"

Sie ist sich unschlüssig darüber, ob sie sich eine weitere Zigarette anzünden soll, entscheidet sich aber mit dem Feuerzeug in der Hand letztlich dagegen. Die Tochter verlässt unterdessen das Zimmer, spurtet kurz darauf mit einem blauweiß gestreiften Frottee-Bademantel zurück und gibt ihn der Mutter.

Mutter (verärgert): „*Bist völlig bescheuert. Was bringst mir denn jetzt den Bademantel von deinem Vater?*"

Susi (irritiert): „*Oh, … ist mir gar nicht … wart ich hol…*"

Mutter (genervt). „*Ach, jetzt ist es auch schon Wurst.*"

Sie steht auf, zieht sich den breiten, deutlich zu großen Bademantel über ihren Schlafanzug und setzt sich wieder.

Es klingelt nochmal.

Mutter: „*Moment doch!*" (Zu sich selbst) „*Der wird doch mal warten können.*"

Die Tochter geht zurück zur Haustür, während sich die Mutter nun doch eine weitere Zigarette anzündet. Susi kehrt zurück mit einem jungen Mann mit Aktenkoffer im Gefolge. Er ist mit einem dunkelgrauen Maßanzug, weißen Hemd mit roter Lederkrawatte und schwarzen Halbschuhen mit weißen Socken bekleidet. Am Handgelenk der linken Hand sieht man eine goldene Uhr mit auffällig großem Zifferblatt.

Susi: *„Bitte sehr. Meine Mutter kennen sie ja."*

Schneider: *„Grüß Gott, Frau Beck."*

Er geht zum Tisch und gibt ihr die Hand.

Mutter: *„Grüß Gott"* (den Gruß erwidernd) … *Herr Schneider. Nehmens doch Platz."* (abwimmelnd zur Tochter) *„Und du gehst jetzt zum Arzt."*

Tochter verlässt achselzuckend die Küche Richtung Hausgang. Der Gerichtsvollzieher setzt sich, legt seinen Aktenkoffer auf den Tisch und öffnet ihn.

Schneider: *„Sie können sich sicher denken, warum ich hier bin, Frau Beck…"*

Mutter: *„Das weiß ich nicht. Aber ich weiß, dass ich krank bin und dass mein Arzt mir jede Aufregung verboten hat."*

Schneider (lacht): *„Na, so schlimm ist es auch wieder nicht. Aber wir kennen ja die Prozedur inzwischen. Es ist ja nicht das erste Mal heut, oder?"*

Mutter (verlegen): *„Ihr Wort in Gottes Ohr."*

Schneider entnimmt eine Mappe aus seinem Koffer, schließt ihn wieder und stellt ihn neben sich auf dem Boden, womit zwischen ihm und der Mutter Blickkontakt herrscht. Die Mutter steht auf, lächelt kurz, ergreift das Telefon und stellt es zurück auf die Telefonbank und setzt sich wieder, zieht an ihrer Zigarette und drückt sie im Aschenbecher aus, während Schneider schnell in seiner Mappe blättert.

Mutter: „*Also, um was geht es dieses Mal?*"

Schneider (Mit erhobenen Augenbrauen): „*Ja, um den Kredit wieder, den sie mit ihrem Mann aufgenommen haben.*"

Mutter: „*Den von der ABC Bank?*"

Schneider (überrascht): „*Nein. Wieso? Haben sie da auch einen?*"

Mutter schweigt betreten.

Schneider (sachlich): „*Also es geht um den Sparbank-Kredit. Da haben's jetzt seit vier Monaten nichts mehr bezahlt … ähm … und deshalb will die Sparbank jetzt den ausstehenden Gesamtbetrag.*" (amüsiert) „*Und den soll ich jetzt bei ihnen pfänden.*"

Mutter (leicht hysterisch): „*Ja, wie … sehr witzig.*" (nach kleiner Pause): „*Wieviel ist es denn inzwischen?*"

Schneider blättert weiter in seiner Mappe: „*Moment, gleich hab' ich's. Ja … da steht's. Einschließlich Zinsen,*

Mahngebühren, Vollstreckungskosten und so weiter und so fort. Fünfunddreißigtausendsiebenhundertdreiundfuffzigkommazweiundachtzig."

Die Mutter zündet sich mit zitternden Händen eine Zigarette an und hustet dazu.

Mutter: *„Für mich ist das Wucher. Der Kredit war über fünfzehn Tausend und zurückgezahlt sind bestimmt schon mehr."*

Schneider: *„Das müssten's dann schon dem Gericht erklären, nicht mir. Ich bin da die falsche Adresse."*

Mutter (vorwurfsvoll): *„Aber Sie wissen ja, wie es bei uns aussieht, dass bei uns nix zu holen ist."*

Schneider (beschwichtigend): *„Ja... ja... ich weiß schon."*

Er entnimmt ein Formular aus seiner Mappe und reicht es ihr über den Tisch.

„Na, dann unterschreiben's hier mal. Damit ist festgehalten, dass ich hier war und versucht habe, den Außenstand einzutreiben, dass der Versuch aber fruchtlos verlaufen ist."

„Fruchtlos ...? Nennt man das so?"

„Ja, so nennt man das."

„Wo soll ich unterschreiben, ... hier?"

Schneider: „Ja, hier … und nochmal hier. Sie kriegen dann auch einen Durchschlag für ihre Unterlagen."

Mit betroffener Stimme: *„Ja, Frau Beck. Wie soll das jetzt weitergehen. Durch die Zinsen und Gebühren wird es ja nur immer mehr und dann haben Sie ja noch die anderen Sachen laufen. Wie wollen Sie da jemals wieder auf einen grünen Zweig kommen?"*

Sie zeiht an ihrer Zigarette, lächelt etwas verlegen.

„Das schaffen wir schon. Gerade jetzt, wo ich den neuen Job hab'. Weil, wissen Sie, da verdien' ich ja doch mehr, als vorher. Und meine Tochter, die Susanne, Sie haben sie ja vorhin selber gesehen. Sie ist halt jetzt auch fast mit der Schule fertig und arbeitet auch schon probeweise bei uns im Betrieb, als Ferienhilfe."

„Ja, aber warum zahlen's dann nichts?"

Mutter (hustend): *„Ja, mei, wir haben halt jetzt erst mal ein paar kleinere Sachen weggezahlt, damit wir wieder ein bisserl Luft haben. Und Sie müssen auch verstehen, dass wenn der alte Staubsauger kaputtgeht, dann braucht es einen Ersatz. Da kann man nicht sagen, jetzt zahlen wir erstmal zwanzig Jahre den Kredit zurück und schauen, ob wir dann noch einen brauchen. Der Hausstaub tut ja auch nichts Gutes für mein Asthma. Das kann man so einer Bank nicht erklären."*

Schneider (trocken): *„Und der Husten? Das Rauchen?"*

Mutter: „*Na, na. Der Doktor sagt, dass das Rauchen damit nichts zu tun hat. Bei Hausstaub ist es allergisch. Das ist schon etwas komplizierter mit der Medizin als mit dem Geldeintreiben.*"

Es klingelt.

Die Mutter springt auf: „*Au weh, das wird die Oma sein, … also meine Mutter.*"

(im Laufen): „*Warten's ein Moment.*"

Schneider (der aufstehen wollte): „*Ja, aber …*" Er sieht ihr irritiert nach.

Von draußen hört er den Satz: „*Ist der Bub nicht da?*" und die Antwort der Mutter: „*Nein, der ist beim Baden.*"

Schneider indessen packt seine Unterlagen wieder in seinen Koffer. Und steht auf. Ihm entgegen betritt die Mutter mit der Oma die Küche. Letztere ist mit einem grauen Mantel und schwarzen Halbschuhen bekleidet. In der rechten Hand hält sie eine breite, braune Handtasche. Man nickt sich gegenseitig zu.

Die Mutter ungeduldig zum Gerichtsvollzieher: „*War's das?*"

Die Oma fast zeitgleich: „*Möchten Sie vielleicht ein paar frische Zwetschgen?*"

Schneider: „*Was? …äh … nein?*"

Zur Mutter gewandt: „*Ja, für heute sind wir fertig.*"

Oma: *„Wer sind Sie denn?"*

Sie stellt ihr Handtasche neben dem Tisch ab.

Mutter zur Oma: *„Willst nicht den Mantel ausziehen?"*

Die Oma zum Gerichtsvollzieher: *„Einen schönen Anzug haben's an. Aber reden tun's nicht viel, gell?"*

Schneider: *„Ihre Tochter wird Ihnen schon sagen, wer ich war. Ich muss jetzt leider wieder weiter."*

Oma: *„Und die Zwetschgen? Mögen's keine?"*

Schneider: *„Danke, aber dafür fehlt mir die Zeit."*

Oma: *„Sind Sie vom Amt?"*

Schneider: *„Kann, man so sagen."*

Oma: *„Bei denen ist nichts zu holen. Wenn ich nicht dauernd einspringen tät…"*

Er sieht zur Mutter, die eine finstere Miene macht.

Mutter: *„Mama, ich bitte Dich!"*

Schneider mit vorgetäuschtem Interesse: *„Sie sind ja die Mutter von der Frau Beck…"*

Oma: *„Aber gebracht hat es nichts, die Erziehung."*

Mutter empört: *„Jetzt reicht es aber."*

Oma (übergangslos): *„Der Vater hat halt gefehlt und dann hat sie so ein Taugenichts geheiratet."*

Schneider, dem es peinlich wird, drängt zur Küchentüre: *„Ich muss jetzt wirklich gehen, Frau …"*

Die beiden Frauen reichen ihm abwechselnd die Hand.

Mutter zum Gerichtsvollzieher: *„Warten's ich bring Sie noch zur Tür."*

Schneider: *„Danke, nicht nötig. Ich find allein raus."*

Er verlässt das Zimmer.

Mutter zur Oma: *„Also das hätte jetzt nicht sein müssen, oder?"*

Sie hilft ihr beim Ausziehen des Mantels. Darunter trägt sie einen roten Rock und eine rosa Bluse, darüber eine weiße Perlenkette.

„Was brauchst Du bei dem Wetter einen Mantel?"

„Das sagst Du mir, wo du im Morgenmantel rumläuft, mittags und kein Topf steht auf dem Herd."

Mutter bringt den Mantel der Oma in den Hausgang.

„Ich muss mich noch umziehen. Ich komm gleich wieder."

Die Oma nicht nur. Sie bleibt in der Küche und stellt ihre Tasche neben sich auf die Eckbank an der Trennwand, setzt sich dann daneben auf den Stuhl. Sie blickt um sich.

„So ein Leben könnt ich nicht führen." Sie schüttelt den Kopf mit Blick zum Spülbecken. *„Nicht mal das Geschirr ist*

gewaschen. *Bei so einer Mutter kann das Mädle ja nix werden.*"

Sie nimmt eine BILD-Zeitung aus ihrer Tasche und blättert darin.

„Aber dem Buben versauen sie mir nicht. Da pass ich auf. Aus dem wird mal was Anständiges."

Sie blättert weiter in der Zeitung, blickt dann zum Küchenfenster, wo offenbar ein Vogel gelandet ist, zum Fenster reinschaut und dann wieder wegfliegt.

„Nicht so ein Gauner wie sein Vater. Wenn ich nicht wäre'… der arme Bub."

Sie steckt sich ihre Frisur zurecht.

„Dauernd haben sie ihn geschlagen. Ich darf gar nicht dran denken."

Die Mutter betritt mit einer weißen Jeans und einem hellbauen T-Shirt bekleidet wieder die Küche. Dazu trägt sie blumige Flipflops.

„Mit wem redest du denn?"

Oma: *„Ich? Mit niemanden. Wieso?"*

Mutter: *„Ich hab'' dich doch was reden hören."*

Oma: *„Ist hier jemand, mit dem ich reden könnt'?"*

Mutter setzt sich zurück an ihren Platz und zündet sich eine Zigarette an, die Oma holt eine Papiertüte aus ihrer

Handtasche, legt sie auf den Tisch, öffnet sie und holt eine Zwetschge hervor.

„Die sind gut, probier' mal!"

Sie greift sich eine aus der Tüte, steckt sie in den Mund, entnimmt den Kern und legt ihn in den Aschenbecher.

Mehr zu sich selbst sagt sie murmelnd: *„Staubsaugen schaff ich heut nimmer. Betten sind noch nicht gemacht. Es ist heut wie zum Bäume rausreißen. Man bräucht' zwei Köpf und vier Händ'."*

Oma: *„Soll ich dir das Geschirr waschen?"*

Mutter: *„Mei, das wär' lieb von dir. Ich bin heut spät dran. Die Susi hat verschlafen, ist jetzt beim Arzt wegen einem Attest. Dann musst' ich in der Firma anrufen und vorhin der Gerichtsvollzieher. Heut kommt alles zusammen. Und kochen muss ich ja auch noch was."*

Oma steht auf, geht zum Spülbecken und macht sich sogleich an die Arbeit.

Oma: *„Mach aber was Richtiges zum Essen, der Bub muss was essen!"*

Mutter: *„Fang nicht wieder damit an, der ist schon ein Kopf größer als der Rest. Wohin soll der wachsen, bis er zwanzig ist?"*

„Aber dürr ist er. Da sieht man ja fast schon die Rippen durchkommen."

„Also verhungert ist er noch nicht. Gestern hat er zwei Pizzas gegessen, alleine."

Die Mutter verlässt das Zimmer, während die Oma mit dem Spülen von Tassen, Tellern und Messern beginnt. Die Mutter kommt mit einem Wäschekorb zurück, den sie auf einen Stuhl stellt. Sodann beginnt sie Wäschestücke, wie Hemden, Hosen, usw. fachgerecht zusammenzulegen.

Oma: *„Wo ist er denn?"*

Mutter: *„Wer?"*

Oma (genervt): *„Ja wer? Der Bub."*

Mutter: *„Hab' ich dir vorhin schon gesagt, beim Schwimmen. Warten sollst du auf ihn."*

Oma (dreht sich um): *„Mhm."*

Mutter: *„Will er wieder bei dir schlafen?"*

Oma (nickt): *„Ja, freilich."*

Mutter (nach einer kurzen Stille, weiter Wäsche faltend): *„Geht dir das nicht auf die Nerven?"*

Oma (dreht sich wieder zum Tisch): *„Was?"*

Mutter: *„Ja, dass er allweil bei dir schlafen tut..."*

Oma: *„Gar nicht. Ihm gefällts und ich mag ihn ja. Bei mir hat er seine Ruhe und muss nicht dauernd streiten. Da kann er auch besser lernen für die Schule. Und beten."*

Mutter: „*Beten? Als wenn das in unserer Familie viel geholfen hätte. Darf ich lachen?*" (lacht auf) *Das ist doch nur wieder so ein Spleen von ihm. So wie mit den UFOs, das Japanisch-Lernen oder ... wie er letztes Jahr Eishockey spielen wollt und nach drei Monaten wieder aufgehört hat. Gerade gut, dass man die teure Ausrüstung hat noch weiterverkaufen können.*"

Oma: „*Aber die hab' ja ich bezahlt.*"

Mutter (betont): „*Ja, das weiß ich. Aber was hat es gebracht?*"

Oma: „*Er ist halt intelligent und interessiert sich für die Welt, will was lernen und ausprobieren. Da solltest ihn unterstützen.*"

Mutter: „*Das fehlt noch. Jetzt ist es Allah, nächsten Monat sind es Buschneger und im Herbst will er Ballett tanzen? Und dann nach Israel?*"

Beide Frauen schweigen eine Weile und widmen sich wieder ihrer Arbeit mit entsprechenden Bewegungen und Geräuschen.

Oma: „*Hast gestern auch die Bilder im Fernsehen gesehen, im zweiten Programm. Die armen Kinder in Afrika...*"

Sie schlägt sich die nassen Hände vors Gesicht und zittert leicht: „*Da schüttelt es mich, wenn ich nur dran denke. So abgemagert, wie damals in den Lagern.*"

Mutter (aufhorchend): *„Ach von dir hat er das? Na dann wundert mich natürlich nichts mehr. Neulich hat er doch glatt zu mir gesagt, dass wir den Armen das Essen wegfuttern würden."*

Oma: *„Ja, wenn du das mal abstrakter durchdenkst, dann ist da schon was dran."*

Mutter: *„Ach, wirklich? Das wüsste ich wohl oder? Abgesehen davon, wie passt zu Deiner Sorge, dass der „arme Bub" selber zu wenig zum Essen bekommt. Oder wird er bald noch zum Neger?"*

Beide Frauen lachen. Die Oma ist mit dem Spülen fertig und geht nun dazu über Geschirr und Besteck mit einem abzutrocknen und in die passenden Schubladen und Schränke einzuräumen.

Oma (nach einer kleinen Pause): *„Du, ich wollt dich was fragen."*

Mutter: *„Was?"*

Oma: *„Was wollt denn der Mann vorhin? Habt ihr noch mehr Schulden gemacht?"*

Mutter schweigt betroffen.

Oma: *„Also von mir hast du das nicht."*

Mutter: *„Was?"*

Oma: *„Ja, das Schuldenmachen. Ich bin schon so alt, aber sowas hab' ich nie gemacht. Ich komm doch auch mit meiner kleinen Rente aus … und gib euch immer was."*

Mutter: „Ja, du bist ja auch allein."

Oma: *„Was heißt allein? Ich hab' zehn Kinder großgezogen nach dem Krieg ohne Vater, der so früh gestorben ist."*

Mutter: *„Das waren andere Zeiten. Damals waren alle arm, da hat das wenigste gereicht. Man hat Arbeit in der Nachbarschaft gefunden. Heut muss man eine Stunde mit dem Auto fahren, für eine schlechtbezahlte Arbeit."*

Oma: *„Aber heute gibt es Kindergeld."*

Mutter: *„Und die Mieten? Das Essen. Die Anziehsachen, alles wird immer teurer."*

Die Oma ist fertig mit ihrer Arbeit, trocknet sich die Hände ab und setzt sich an den Tisch. Auch die Mutter ist mit dem Falten der Wäsche fertig und widmet sich nun den Socken. Die Oma blättert in der mitgebrachten BILD-Zeitung.

Oma: *„Geschirr ist fertig. Den Mülleimer müsstest mal leeren."*

Mutter: „Ja, ja, das soll die Susi machen, wenn sie vom Arzt kommt."

Oma (besorgt): *„Oh? Ist sie krank? Was hat sie denn?"*

Mutter: „*Verpennt hat sie und der Chef will ein Attest haben, weil es schon das dritte Mal in drei Wochen ist, wo sie fehlen tut.*"

Oma: „*Wo soll das alles hinführen?*"

Mutter (beschwichtigend): „*Es ist ja nur eine Ferienarbeit. Sie hat ja nur noch eine Woche.*"

Oma: „*Ja und dann?*"

Mutter: „*Dann sehen wir weiter.*"

Oma: „*Naja, das müsst ihr wissen.*"

Sie überlegt ein wenig: „*Du, wann wollt ihr mir den Fünfziger wiedergeben, vom vorletzten Mittwoch?*"

Mutter: „*Heut Nachmittag, falls der Harry seinen Vorschuss kriegt.*"

Oma: „*Da bin ich ja gespannt.*"

Die Mutter wird mit der Wäsche fertig und geht damit aus dem Zimmer.

Oma (zu sich selbst): „*Rausgeschmissenes Geld.*"

Sie blättert weiter, zitiert eine Schlagzeile: „*Turnlehrer belästigt Schüler beim Duschen.*" Sie schüttelt den Kopf und legt die Zeitung gefaltet beiseite.

1. Akt

2. Szene

Die selbe Küche, kurz nach 2 Uhr nachmittags. Aus dem Nebenzimmer erklingt deutsche Schlagermusik: *„Tanze Samba mit mir, tanze Samba die ganze Nacht, tanze Samba mit mir…"*

Das Essen steht auf dem Herd. Die Mutter steht nebendran und kümmert sich darum. Der Sohn sitzt auf dem Sims des offenen Fensters.

Mutter: *„Aber heute isst du schon Fleisch, gell?"*

Musik: *„Tanze Samba die ganze Nacht. Liebe, Liebe, Liebelei…"*

Ricky (springt empört auf): *„Nein, auf gar keinen Fall. Der Koran verbietet ganz ausdrücklich, Fleisch von Schweinen zu essen."*

Musik: *„Du bist so heiß wie ein Vulkan und heut verbrenn ich mich daran."*

Ricky (deutet zur Schiebetür): *„Und die Musik ist dir nicht zu laut?"*

Mutter: *„Das ist ja auch was anderes, das kann man sich ja noch anhören und ist nicht so eine Affenmusik, wie bei dir letztens."*

Ricky (setzt sich wieder): „*Affenmusik? Das war Blues von B.B. King*"

Mutter: „*Ein Gejaule war's.*"

Er steht wieder auf.

Ricky: „*Ich geh jetzt beten. Bitte nicht stören.*"

Mutter: „*Dass du immer gleich eingeschnappt bist.*"

Ricky: „*Ist schon gut.*"

Er geht zur Tür und öffnet sie.

Mutter: „*Jetzt bleib doch mal da. Ich wollt dich fragen, ob du die Oma bitten kannst, dass sie uns nochmal einen Hunderter leiht … nur bis Montag. Weil … der Papa heut kein Geld kriegt hat.*"

Ricky: „*Was?*"

Er überlegt kurz: „*Okay, ich versuch`s, aber nur, wenn ich mit zur Oma darf.*"

Mutter (abwehrend): „*Aber der Papa will doch mit uns am Sonntag zum Baden. Du kannst doch einmal ein Wochenende daheim sein, oder?*"

Ricky (stur): „*Nur, wenn ich mitdarf.*"

Mutter (eilig): „*Meinetwegen. Also fragst jetzt, bevor sie … vom Klo zurückkommt.*"

Musik: *„Liebe, Liebe, Liebelei, morgen ist sie vielleicht schon vorbei."*

Ricky: *„Ja, aber nur dann! Ich hab' keinen Bock, mich wieder das ganze Wochenende rumzustreiten."*

Mutter (hellhörig): *„Was meinst du damit?"*

Ricky: *„Mit dem Schlagerfuzzy zum Beispiel"* (deutet auf die Trennwand, durch welche die Musik erschallt) *„oder mit dem Haustyrannen"*

Mutter: *„Also, wenn das so ist, dann darfst heut nicht zur Oma."*

Ricky: *„Gut, ich frage dann auch nicht nach dem Geld."*

Mutter (gereizt): *„Wenn du mir drohen willst, gibt's auch gleich noch Hausarrest dazu."*

Ricky: *„Prima, dann addiere ich Hungerstreik dazu."*

Mutter (verblüfft): *„Ja, seid ihr denn heute alle verrückt?"*

Der Sohn schweigt und lehnt sich gegen die Fensterbank. Aus dem Nebenzimmer hört man nun einen anderen Schlager:

„Die Bouzouki klang durch die Sommernacht, du nahmst meine Hand, ich hab' dich nicht gekannt …"

Mutter (resignierend) *„Also lange halt ich das nicht mehr aus."*

Ricky: *„Dann lass dich doch endlich scheiden."*

Mutter (empört): *„Jetzt mach aber mal einen Punkt."*

Ricky: *„Hab' ich gerade."*

Mutter flehend: *„Also was ist jetzt ...?"*

Ricky (stur): *„Nur, wenn ich ..."*

Mutter aufbrausend: *„Mein Gott, ja. Dass du immer deinen Dickschädel durchsetzen musst."*

Ricky (fröhlich): *„Gut, dann wird' ich jetzt beten gehen."*

Mutter (genervt): *„Das werd ich jetzt auch gleich machen"*.

Der Sohn verlässt die Küche und schließt die Türe. Dort trifft er die Oma und man hört leise die Stimme von beiden. Dann kommt die Oma in die Küche zurück.

Musik: *„Doch ich ging mit dir, still klang das Meer, die Feuer gingen an, die Bouzouki klang ... und der Tanz begann ... La leila leila lala lei"*.

Das Essen ist fertig. Mutter und Oma decken gemeinsam den Tisch. Die Mutter verteilt das Essen, einen Braten mit Knödel und Soße. Der Teller des Sohnes wird zuletzt bedient, indem sie Pommes Frites drauflegt. Die Großmutter holt aus dem Kühlschrank Mineralwasser und gießt in die Gläser. Die Mutter öffnet die Schiebetür.

Mutter ins Zimmer rufend: *„Komm Susanne, mach jetzt die Musik aus."*

Stimme der Tochter: *„Warum denn?"*

Mutter: *„Essen ist fertig. Außerdem ist die Musik zu laut. Oder willst, dass der Papa wieder schimpfen muss?"*

Die Tochter stellt die Lautstärke leiser, lässt die Schiebtüre jedoch offen, so dass die Musik im Hintergrund hörbar bleibt. Sie kommt in die Küche, setzt sich an ihren Platz. Die Mutter verlässt den Raum, um ihren Mann aus dem Wohnzimmer zu holen.

Oma: *„War viel los beim Doktor?"*

Sie sieht ihrer Enkelin zu, wie diese bereits mit dem Essen beginnt und schüttelt dabei den Kopf.

Susi (schmatzend): *„Nö, eigentlich nicht."*

Oma: *„Ich muss nächste Woche auch wieder zum Doktor, wegen meinem Zucker."*

Nach einer kurzen Pause: *„Kannst nicht warten mit dem Essen, bis alle am Tisch sind?"*

Susi (missmutig): *„Na und?* (kauend) *Kalt schmeckt's mir nicht. Das Fleisch ist sowieso schon zäh."*

Die Mutter betritt nun mit dem Vater im Schlepptau die Küche. Er ist etwas dicklich, trägt eine abgewetzte Jeans, ein rotes ausgewaschenes T-Shirt mit einem großen „Elvis-lives"-Schriftzug und Filzpantoffel. Sie nehmen beide Platz und beginnen ohne Begrüßung mit dem Essen.

Vater (provozierend zur Tochter): *„Na, schmeckt's?"*

Susi (nickt): „*Freilich.*"

Vater (stichelt): „*Hört man.*"

Susi wird verlegen und legt das Essbesteck weg.

Mutter: „*Jetzt ist sie gleich wieder beleidigt,* (zu ihrem Mann): *am besten du lässt sie heut in Ruhe.*"

Vater (kauend): „*Wieso? Hat sie schon wieder was, unsere Prinzessin?*" (sein Blick bleibt auf den eigenen Teller gerichtet).

Allgemeines Schweigen.

Vater: „*Und wo ist der Herr Sohn? Lässt er mal wieder das Essen kalt werden, damit er sagen kann, es schmeckt nicht?*"

Mutter (zur Tochter): „*Geh Susi, schau doch mal wo er bleibt.*"

Die Tochter steht auf und verlässt das Zimmer. Der Vater wischt sich, mit der linken Hand Schweißtropfen von der Stirn und kaut nebenbei.

Vater: „*Wie die Schweine haben wir heute wieder schuften müssen.*"

Oma (vielleicht ironisch): „*Ja, dann lang nur zu. Wer viel arbeitet, darf auch viel essen!*"

Mutter (beipflichtend): „*Da hast recht, Mama. Der Harry muss so schwer arbeiten* (an ihrem Mann gerichtet): *Gell, Schatz?*"

Der Vater wischt sich nickend Schweiß von der Stirn, während sich die Mutter eine Zigarette anzündet.

Oma: „*Muss das jetzt sein, die … Sargnägel beim Essen?*"

Vater (ungeduldig): „*Wo bleiben denn unsere beiden Hübschen? Das Essen dürfte jetzt kalt sein. Aber wir haben's ja.*"

Mutter (paffend): „*Die werden schon kommen.*"

Vater: „*Zeit wird's*".

Nach einer kurzen Pause an die Großmutter gewandt: „*Na, Oma, wie geht's uns denn heute?*"

Oma (mit gespieltem Ernst): „*Nicht so gut wie dir.* (sie lacht) *Man wird ja schließlich mit jedem Tag älter.*"

Susi betritt mit Ricky die Küche. Beide setzen sich zum Essen.

Vater (zum Sohn): „*Brauchst Du immer eine Extraeinladung?*"

Sohn: „*Nur, wenn sie nett ist.*"

Mutter (einmischend): „*Deine Pommes dürften jetzt kalt sein. Und Ketchup haben wir auch keinen, weil du ihn gestern beim Einkauf vergessen hast.*"

Ricky (gleichgültig): „*Egal.*"

Vater: „*Ja, sicher. Alles ist – wie immer - egal. So kommt man voran im Leben.*"

Zur Tochter gewandt: „*Und Fräulein? Wie war's bei dir in der Arbeit? Ist da auch alles egal?*"

Susi schaut verlegen zur Mutter, was der Vater bemerkt.

Vater (auflachend): „*Auweh, hast wieder verpennt?*"

Susi nickt nur, isst lustlos weiter.

Vater (stichelnd): „*Ja, mei, wenn du pennst, dann kann man dich raustragen, ohne, dass du was merken tust …*"

(zum Sohn): „*Hast sie nicht geweckt?*"

Susi (ereifernd): „*Wieso, das …?*"

Vater: „*Rein kommen ist er heut früh' und hat den Wecker abgestellt!*"

Ricky (erläuternd): „*Aber nur, weil sich bei dem Gebrumm keiner konzentrieren kann?*"

Vater: „*Wer muss sich in der Früh schon konzentrieren?*"

Ricky: „*Ja, Schüler eben…*"

Vater: „*Was machst du so früh schon auf, überhaupt?*"

Susi: „*Na, was wohl? Beten.*"

Vater: „*Hast es immer noch mit deinen Kümmeltürken?*"

Susi: „*Demnächst isst er auch noch vom Boden.*"

Vater (lachend): „*Hauptsache, er isst was!*"

Mutter und Tochter stimmen in sein Lachen ein. Ricky, der Sohn schaut zur Großmutter, die nur mit den Schultern zuckt und eine Augenbraue nach oben zieht.

Susi: „*Der trifft sich ja nur noch mit solchen Kanaken.*"

Vater, den leeren Teller von sich schiebend: „*Die gehören alle abgeschoben.* (Zum Sohn) *„Von denen kriegst nichts, außer ein Messer ins Kreuz. Das kannst du mir ruhig glauben.*"

Ricky (eisig): „*Tilt.*"

Susi: „*Heißt was?*"

Ricky: „*Rien ne va plus. Nichts geht mehr.* "

Susi (lachend): „*Das ich das mal erleben darf. Dem Großmaul hat's die Sprach verschlagen. Ja, da schau an.*"

(Nach einer kurzen Pause nachsetzend): „*Wo hast denn deine Narrenkappe?*"

Mutter (eingreifend): „*Geh, jetzt aber! Jetzt hört's aber auf … dauernd die Streiterei beim Essen.*"

(Zur Großmutter): „*War dir das Schnitzel zu groß, Mama?*"

Oma: „*Ja!*"

Kurzes Schweigen. Alle sind mit ihrem Essen fertig. Nur der Sohn stochert noch lustlos in den Pommes herum.

Vater: *„Hängen dir die Dinger noch nicht zu den Ohren raus? Ist ja kein Wunder, wenn du nichts darstellst. Dauernd nur das Zeug da …"*

Der Sohn springt auf und stößt seinen Stuhl nach hinten. Mit tränenden Augen murmelt er: *„bracha meruba"* und verlässt das Zimmer. Die Großmutter steht ebenfalls auf, greift nach ihrer Handtasche und geht zur Tür.

Großmutter (erbost): *„Dauernd hackt ihr auf dem Buben herum, anstatt stolz auf ihn zu sein. Also, dass ihr euch nicht schämt."*

Sie folgt ihrem Enkel und verlässt das Zimmer.

Susi (mit sarkastischen Tonfall): *„Der arme kleine Bub."*

Mutter: *„Schluss jetzt."*

Susi: *„Also ich mein, so direkt klein ist er ja nicht."*

Vater (zur Tochter): *„Jetzt red' mal nicht so dumm daher, Schau mal, dass du das Geschirr abräumst."*

Die Mutter drückt ihre Zigarette aus während sich nun der Vater eine anzündet. Die Tochter stellt das Geschirr zusammen und trägt es zur Spüle, wo sie nach und nach die übriggebliebenen Essensreste in den Abfalleimer entsorgt. Anschließend geht sie in ihr Zimmer zurück, aus welchem sogleich auch wieder Schlagermusik zu hören ist.

Vater (zu seiner Frau): „*Da haben wir ja eine schöne Memme großgezogen.*"

Mutter (bittend): „*Jetzt lass ihn halt, Harry. Jeden Tag das selbe Theater hier. Es geht doch um rein gar nichts.*"

Vater: „*Sagst du.*"

Aus dem Nebenzimmer ist nun die Musik deutlicher zu hören. Der Vater wippt mit seinem Fuß im Takt mit.

„*Ich geh am Abend sogleich nach der Arbeit in mein Stammlokal. Ja, dort warten meine Freunde schon und Durst ist eine Qual.*

Runde um Runde rinnt durch unsere Kehle: Bier, Schnaps und Wein …, wenn wir dann pleite sind stimmen alle ein:

Wer hat noch Geld, wer bestellt eine Runde für den ganzen Saal? Die Kehlen sind trocken, die Taschen leer und das im Stammlokal."

Vater: „*Ein Scheißleben ist das.*"

Musik: „*Wer hat noch Geld, wer bestellt eine Runde für den ganzen Saal? Sonst wird der Wirt geprellt, er hat so viel Schnaps und Bier und unser liebes Geld …*"

Mutter: „*Ach komm!*"

Vater: „*Ist doch auch wahr, was soll ich …*"

Er erschrickt durch das laute Husten seiner Frau. Ihr Husten legt sich nur langsam.

Mutter (sich beruhigend): „*Ihr bringt's mich noch ins Grab, mit eurer dauernden Streiterei.*"

Kurzes Schweigen. Der Vater drückt seine Zigarette aus.

Vater: „*Wie schaut's mit der Kohle aus?*"

Mutter: „*Ich hab' am Vormittag schon gefragt.*"

Vater: „*Und? Hast es gekriegt?*"

Mutter: „*Geh. Wo denkst du hin? Mir gibt sie ja nicht.*"

Ratloses Schweigen.

Sie wippt etwas im Takt der Musik. Es ist ein Schlager, dargeboten von einem Sänger mit hörbaren slawischen Akzent:

„Du in deiner Wäld, dengst du ni surug?
An die schene seit foller Liebesgluck?"

Mutter (vorwurfsvoll): „*Warum lässt du dich auch bei der Bank immer gleich abwimmeln?*"

Vater (prompt): „*Da lässt sich nichts machen, wenn das Konto mit elfhundertdreißig belastet ist, hat der Drechsler gesagt. Was kann ich machen? Soll ich die Bank ausrauben? Wie stellt denn ihr euch das vor? Mehr als abschuften von früh bis spät geht eben nicht. Der Krug geht zum Wasser, bis er bricht.* (gekränkt) *Ich muss sowieso auf vieles verzichten ...* (konternd) *Wie wärs denn eigentlich, wenn du mit deiner Qualmerei aufhören tätest? Es tät* deinem Asthma nicht schaden und mit dem Geld tät's uns auch besser reichen."

Mutter (nachdenklich): *„Ja, vielleicht klappt es ja noch. Ich hab' ja schon den Ricky gefragt wegen der Oma, aber … er will dafür übers Wochenend wieder bei ihr schlafen. Wenn sie es hat, wird sie es ihm schon geben, dann könnten wir nachher noch in den Markt rausfahren und einkaufen. Wenn … du magst."*

Vater (eifersüchtig): *„Ja, da haben wir bald gar nix mehr von ihm. Die Alte verzieht den Buben völlig, lässt ihm alles durchgehen. Der kann ja nur wirr im Kopf werden. Das Türkengesindel seh ich jeden Tag in der Arbeit, ich brauch keinen Sohn, der die daheim auch noch nachmacht."*

Mutter: *„Was musst du ihn auch immer so scharf angehen? Er ist doch noch ein Kind."*

Vater: *„Ein recht großes… aber."*

Mutter: *„Das sind doch nur so hirnverbrannte Ideen. In dem Alter probieren die halt ein paar Sachen aus. Das ist normal und legt sich wieder, außer man macht ein Drama draus und dann machen sie es aus Trotz. Mal sind es die alten Römer, dann der König Arthus, dann Schach lernen. Wem schadet er denn damit?"*

Vater (lächelt erleichtert): *„Na, vielleicht hast du recht. Aber, die Alte, auch wenn sie deine Mutter ist, geht mir auf die Nerven mit ihrem Schafskopf und ihrem*

Mundwerk. Ist doch kein Wunder, wenn der eigene Sohn schon so gegen einen redet."

Mutter (nimmt seinen Arm): *„Ach Harry ...!"*

Vater: *„Ich mein, ... ich hab' doch schließlich auch was zu sagen, nicht nur sie. Ich krieg doch mit, wie sie den Buben gegen mich aufhetzt. Weil du halt doch keinen Millionär geheiratet hast. Aus ihm soll mal was Besseres werden sagt sie ja immer. Jetzt frag dich wen sie damit meint. Besser als wer? Und in was denn bittschön?"*

Mutter: *„Aber Harry. Ich weiß, unser Ricky ist schon groß gewachsen, aber er ist trotzdem erst dreizehn, das vergisst du immer. In der heutigen Zeit wissen die jungen Leute mit fünfundzwanzig noch nicht, was sie machen sollen und du verlangst mehr von deinem Kind."*

Vater: *„Immer das selbe Gerede, es bringt nichts."*

Mutter: *„Ach komm, da reden wir ein anderes Mal drüber."*

Sie umarmt ihn und küsst ihn auf die Wange. Er reagiert erst nicht, erwidert dann ihren Kuss, wischt sich etwas aus dem Auge, vielleicht eine Träne.

Mutter: *„Ich schau jetzt mal, was die machen und du kannst ja inzwischen ins Wohnzimmer gehen und dich etwas ausruhen. Ich sag dir dann Bescheid."*

Vater (seufzt): *„Gut, aber macht's nicht so lang. Ich will um halb sieben wieder daheim sein, weil dann auf Österreich so eine Doku aus dem Zweiten Weltkrieg kommt, die ich mir aufzeichnen will."*

Mutter: *„Du mit Deinem Weltkrieg? Hast davon noch nicht genug?"*

Vater: *„Die bringen was von dem Lager, wo ich als Kind war. Vielleicht erkenn ich noch wen."*

Er steht auf uns verlässt das Zimmer.

Die Mutter bleibt sitzen und zündet sich eine weitere Zigarette an, raucht langsam und wirkt nachdenklich, so als würde sie sich die nächsten Schritte gedanklich durchspielen. Sie bewegt dazu ihre Finger und lacht, in Gedanken kurz auf. Dann steht sie auf und geht aus dem Zimmer. Die Küche ist für einen Augenblick leer. Wind weht durchs offene Fenster. Aus dem Nebenzimmer säuselt noch immer Schlagermusik:

„... und ig mogte so gerne, dass unser Liebe ni serbrach ... du in deiner Wäld, dengst du ni surug an di schene seit ...?"

Nachdem das Lied nun endet ist das charakteristische Klack-Geräusch des Kassettenrecorders zu hören. Kurz darauf die Stimme der Tochter:

„Ist schon wieder aus?"

Mutter, Großmutter und Ricky betreten dicht hintereinander die Küche. Die Mutter zieht nochmal an ihre Zigarette und drückt sie dann im Hinsetzen aus. Die Großmutter stellt ihre Tasche auf die Eckbank und setzt sich. Ricky wirft einen kurzen Blick zur Schiebetür und setzt sich auf den Stuhl neben seiner Großmutter.

Großmutter: *„Gott wir euch noch strafen dafür."*

Mutter: *„Sind wir nicht schon gestraft genug?"*

Ricky: *„Gottes Wille kennt niemand!"*

Großmutter (scharf): *„Bei euch könnt man auch mal das Jugendamt einschalten."*

Mutter: *„Ja, das machst am besten. Da wäre ich gespannt, ob sie bei deinem kleinen Christus die Wundmale finden würden. Das tät mich auch mal interessieren. Soll ich dir die Nummer raussuchen?"*

(zum Sohn) *„Geht es dir bei uns wirklich so schlecht?"*

Ricky: *„Ich kann nicht klagen …"*

Mutter (zur Großmutter) *„Hast du das gehört?"*

Ricky: *„…, weil man mich nie ausreden lässt."*

Mutter (lachend): *„Witzbold. Aber immer noch besser, als so ein leidender Heiland der sich für unsere Sünden aufopfern will."*

(erster) *„Kommst mal mit ins Bad?"*

Ricky: *„Zur Taufe?"*

Mutter: *„Vom Regen …"*

Ricky: *„In die Taufe …?"*

Mutter: *„Sozusagen."*

Ricky: *„Melde gehorsamst, Botschaft angekommen. Sie können abtreten Lädi Sartschent."*

Die Mutter steht mit einem Lächeln auf und zwinkert im Vorbeigehen ihrem Sohn zu und verlässt das Zimmer. Im Nebenzimmer beginnt im selben Augenblick wieder Musik zu spielen. Die Musik dringt in die Küche, auch die Stimme der mitsingenden Tochter ist zu hören:

„Tanze Samba mit mir, Tanze Samba die ganze Nacht.

Tanze Samba mit mir, tanze Samba die ganze Nacht.

Liebe, Liebe, …. Liebelei"

Großmutter (zum Enkel): *„Was will sie denn schon wieder von dir?"*

Ricky stützt die Ellenbogen auf den Tisch, steht wieder auf, setzt sich erneut so hin und hält sich die Hände geschlossen vors Gesicht, um sie dann zu einer Muschel zu formen. Dazu spricht er nun nebulös dunkler Stimme:

„Ich sehe es deiner Aura an, du ahnst tief in dir, worum es geht."

Er streckt ihr die Hände hin in der Art eines Bettelnden. Die Großmutter beobachtet ihn halb amüsiert, mit etwas Skepsis, während ihr Enkel nun mit den Händen dramatisch herumfuchtelt.

„Simsalabim. Meine Damen und Herren. Es ist wieder so weit. Der Zirkus ist in der Stadt."

Großmutter (seufzt): *„Will sie wieder Geld haben?"*

Ricky: *„Exakt. Dafür darf ich fürs Wochenende bei dir bleiben."*

Großmutter (mit bitterem Lachen): *„Dafür muss man schon zahlen."*

Ricky: *„Ja, quasi als Leihgebühr."*

Er trommelt mit den Fingern auf dem Tisch und lächelt dabei seine Großmutter an.

Großmutter: *„Wieviel?"*

Ricky: *„Hundert. Liquidation. Montag … so gait di maise."*

Großmutter: *„Du wirst immer teurer. Jetzt hat sie mir aber noch nicht mal das Geld vom letzten Mal zurückgegeben … (seufzt) also gut, was solls."*

Ricky: *„Ja?"*

Großmutter: *„Ja. Wenn Zeit Geld ist, dann geht ja nichts verloren dabei."*

Sie nimmt ihre Tasche und holt ein großes rotes Portmonee heraus, öffnet es und beginnt Geldscheine zu sortieren. Sie hält drei Hunderter und einen Zwanziger in ihren Händen. Sie schiebt einen Hundert ihrem Enkel zu über den Tisch. Dieser nimmt den Schein, steht auf und verbeugt sich vor ihr. Die Großmutter will ihn nun noch den Zwanziger geben.

Ricky (winkt ab): *„Danke, vielleicht später."*

Er geht mit dem Hunderter in der erhobenen Hand aus dem Zimmer. Die Großmutter steckt ihre restlichen Scheine wieder ins Portmonee zurück, öffnet dann das Münzfach und entnimmt ein paar silberne Münzen und stapelt sie aufeinander. Dann legt sie das Portmonee wieder in die Tasche zurück. Aus dem Nebenzimmer tönt der nächste Schlager, zu welchem die Enkelin mitsingt:

„Da war ein Traum, der so alt ist wie die Welt
und wer ihn träumt, hört ihm zu, wenn er erzählt:

der Junge mit der Mundharmonika
singt von dem was einst geschah
in silbernen Träumen
von der Barke mit der gläsernen Fracht
die in sternenklarer Nacht
deiner Einsamkeit entflieht."

Großmutter (kopfschüttelnd): *„Wo soll das nur hinführen…?"*

„Du hörst sein Lied
und ein Engel steht im Raum
dann weißt du nicht
ist es Wahrheit oder Traum."

Großmutter (klopft an die hölzerne Trennwand): *„Muss das immer so laut sein?"*

Im selben Moment kommt die Mutter zurück in die Küche.

Mutter (freundlich): *„Du, Mama, ich dank dir. Kriegst es am …"*

Großmutter: *„Jaja, … wo ist denn der Bub?"*

Musik: *„Der Junge mit der Mundharmonika*
Singt von dem was einst geschah
In silbernen Träumen …"

Mutter: *„In seinem Zimmern ist er. Er packt seine Sachen, die er fürs Wochenende mitnehmen will. Passt aber schon auf, dass er seine Hausaufgaben alle macht?"*

Großmutter: *„Die macht er im Schlaf."*

Mutter: *„Ich will noch die Susi fragen …* (sie öffnet die Schiebetür): *ob's mitgehen will."*

„… von der Barke mit der gläsernen Fracht
die in sternenklarer Nacht …"

Zur Tochter: *„Ja, jetzt mach doch mal das Gedudel aus! Außerdem, was liegst du schon wieder im Bett?"*

Susi: *„Wieso? Was ist denn?"*

Mutter: *„Dein Vater und ich fahren jetzt zum Einkaufen. Und wenn du wieder mitwillst, kannst mitfahren, aber schnell muss es gehen. Dein Vater wartet nicht gern, …. und … also?"*

Die Mutter bleibt kurz neben der Schiebetüre stehen. Vom Hausgang her hört man den Vater schimpfen: *„Wo bleiben die Weiber schon wieder? Ich hab' doch nicht ewig Zeit."*

Susi kommt mit einem Romanheft in der Hand in die Küche. Die Musik hat sie abgestellt.

Großmutter: *„Was liest du denn da?"*

Susi: *„Arztroman. Doktor Sibylle. Diesmal geht es um einen Witwer mit einem autistischen Kind."*

Großmutter: *„Nicht für die Schule?"*

Susi: *„Nö."*

Mutter: *„Was sind was für Münzen? Sind die für mich."*

Großmutter: *„Ja, kannst dir Zigaretten kaufen. Und Susi kann sich auch was nehmen."*

Die Mutter nimmt alle Münzen und gibt ihrer Tochter eine oder zwei davon. Beide bedanken sich und umarmen die alte Dame, die sie abwehrt.

Vater (schaut zur Küchentür rein): *„Wird das heut noch was?"*

Susi sie blickt zur Mutter, diese schiebt sie zur Türe heraus:

„Also Mama, danke nochmal. Ich wünsch euch ein schönes Wochenende."

Großmutter (bleibt sitzen): *„Ja, euch auch."*

Mutter und Susi verlassen die Küche. Im Hausgang hört man den Vater noch schimpfen: *„Bis ich da jetzt wieder einen Parkplatz beim Einkaufszentrum kriege…"*

Großmutter (alleine im Zimmer): *„Die werden auch nicht mehr gescheiter. Hoffentlich nimmt es kein schlimmes Ende."*

(mit Tränen in den Augen)

„Andere Leute wären stolz auf so einen Buben, aber die schrecken ja vor gar nichts zurück."

Ricky kommt mit einem eingerollten Teppich und in orientalischer Kleidung zurück. Er trägt eine weite schwarze Pluderhose, ein schwarzes Sweat-Shirt mit Motörhead-Kopf und Sandalen. Auf dem Kopf hat er eine große zitronengelbe Kippa, in der linken Hand eine Sporttasche. Letztere stellt er auf einen Stuhl. Den Teppich legt er neben sich auf die Eckbank am Fenster, wo er gegenüber seiner Großmutter Platz nimmt.

Großmutter: *„Was ist das für ein Teppich? Den hab' ich noch gar nicht gesehen."*

Der Enkel steht auf, räumt den Aschenbecher vom Tisch auf die Fensterbank und rollt dann den Teppich auf dem Tisch aus.

Ricky: *„Den hab' ich gestern von Kurosch bekommen, genauer gesagt von seinem Vater Mustafa, weil der glaubt, dass ich zum Islam konvertieren will."*

Die Großmutter fasst den Teppich auf seine Qualität prüfend an und betrachtet eingehend die feinen, reichhaltigen und farbenprächtigen Symbole und Muster.

Großmutter (interessiert): *„Was sind das für Bilder?"* (sie zeigt auf vielfarbige Vögel und Zweige über einer goldgelben Kuppel.

Ricky (erläuternd): *„Er hat mir gesagt, dass das das Heiligtum in Jerusalem sein soll, weshalb die Stadt bei den Moslems ja auch den Beinamen al-Kuds, die Heilige, hat."*

Großmutter: *„Sehr schön gemacht. Und was macht der Mustafer?"*

Ricky: „*Mustafa ist der Vater von Kurosch, meinem persischen Mitschüler. Der arbeitet als Straßenkehrer hier im Viertel. Ich kenn ihn schon seit der ersten Klasse. Er hat mir immer Bonbons zugesteckt, wenn ich ihn auf der Straße getroffen hab'. Auf dem Gymnasium hab' ich dann seinen Sohn kennengelernt im Sport.*"

Großmutter: „*Im Sport?*"

Ricky: „*Ja, wir sind im selben Schwimmteam und trainieren für die Landesausscheidungen.*"

Großmutter (erneut den Teppich prüfend): „*Der ist aber bestimmt nicht billig gewesen. Hast dafür was zahlen müssen oder bist du noch was schuldig?*"

Ricky: „*Gar nichts. Hab' ich doch vorhin gesagt. Er hat ihn mir geschenkt. Er freut sich über unsere Freundschaft, also von seinem Sohn und mir.*"

Großmutter: „*Man sagt ja immer, dass die Perserteppiche so teuer sein sollen.*"

Ricky: „*Keine Ahnung, ehrlich … und seine Frau, die Mutter vom Kurusch ist auch ganz nett, hat viel gekocht und alles Mögliche aufgetischt.*"

Großmutter: „*Hast gut gegessen?*"

Ricky: „*Ja, ein wenig. Aber die machen das nur aus Gastfreundschaft und nicht, weil sie glauben, dass ich am Verhungern wäre.*"

Großmutter: „*Aber, … was kostet so ein Teppich denn?*"

Ricky: „*Ach ich glaub, der wird nicht so teuer sein,* (er streicht mit der Handfläche sanft über den Teppich) *im Iran. Er kommt aus Ghom, das ist eine heilige Stadt bei den Schiiten, hat man mir erzählt.*"
Großmutter: „*Hast dich dann wenigstens anständig bedankt?*"

Ricky: „*So gut, wie es geht. Normalerweise müsst man ja eine Gegeneinladung aussprechen, aber das kann ich vergessen. Das gäb ein Gemetzel.*"

Großmutter: „*Ich könnte sie ja mal einladen zu mir, wenn du magst. Aber jetzt müssen wir gehen und auch noch was einkaufen. Ich hab' nichts mehr im Kühlschrank.*"

Ricky (scherzend): „*Außer Eier, stimmts?*"

Großmutter (nickt): „*Also komm und vergiss nichts mitzunehmen. Ich muss dir auch noch was ganz Verrücktes erzählen.*"

Der Enkel rollt den Teppich zusammen und nimmt ihn vom Tisch. Die Großmutter nimmt ihre Tasche. Ricky holt ihr aus dem Hausgang den dünnen Mantel und hilft ihr beim Anziehen.

Ricky: „*Was willst du mir denn sagen?*"

Großmutter: „*Ich weiß nicht, wie ich's sagen soll …*"

Ricky (neugierig): „*Was denn?*"

Großmutter (mit Blick zur Uhr): „*Du kennst doch noch den Mann, der in dem alten kleinen Haus bei mir in der Straße wohnt.*"

Ricky: „*Der Alte, der dich immer grüßt?*"

Großmutter: „*Jaja, der. Der ist schon bestimmt über siebzig.*"

Ricky: „*Der Ami aus dem grünen Haus …?*"
Großmutter: „*Genau der. Jetzt stell di mal vor: er hat mir gestern einen Heiratsantrag gemacht.*" (sie lacht auf)

Ricky (erstaunt): „*Im Ernst? … wie … warum?*"

Großmutter: „*Ja, wirklich. Wenn ich es dir doch sag. Er ist auch ein Jud.*"

Ricky: „*Und?*"

Großmutter: „*Er hat keine Familie mehr, seit sein Sohn bei einem Motorradunfall umgekommen ist.*"

Ricky: „*Schlimm.*"

Großmutter: „*Wenn ich ihn heiraten tät, wollt er mir sein Haus schenken.*"

Ricky: „*Kann er so auch.*"

Großmutter: *„Aber ich hab' gesagt, ich schon zu alt für sowas."*

Ricky: *„Für ein Haus?"*

Großmutter: *„Ach Bub, für ‚sowas' eben, … für die Ehe, mein ich."*

Beide gehen zur Türe und verlassen die Küche. Aus dem Flur hört man die beiden weitersprechen:

Rickys Stimme: *„Ich finde, du solltest es machen. Dann ich krieg ich doch noch einen Opa. Das wäre toll."*

Großmutter: *„Geh, ich bin doch schon zu alt … und er ist noch älter."*

Ricky: *„Aber mögen tust du ihn schon, oder?"*

Großmutter: *„Ja schon, aber …"*

Man hört die Haustür ins Schloss fallen.

Kurz darauf fliegt eine Taube ans Fensterbrett und spaziert ins Zimmerinnere. Sie schaut sich etwas um und geht wieder nach draußen und fliegt davon.

2. Akt

1. Szene

Sonntag morgens in der Küche.

Es herrscht emsiges Treiben. Vater, Mutter und Susi treffen Vorbereitungen für einen gemeinsamen Badeausflug. Vater und Mutter haben sich für einen Partnerlook entschieden: weiße Jeans-Hosen, violette Hemden, weiße Westen darüber. Beide laufen hektisch umher, tragen verschiedene Lebensmittel, Tupper-Dosen, Flaschen, Kühltaschen und dergleichen zusammen und stellen sie zur Telefonbank, von wo aus der Vater sie in den Hausgang transportiert. Die Tochter ist deutlich behäbiger in ihren Bewegungen, läuft zusätzlich zwischen ihrem Zimmer und dem Küchentisch hin und her, holt zeitweilig kleine Sachen heraus. Sie ist mit einem dunkelblauen T-Shirt mit dünnen Trägern, kurzen lila Seidenshorts und Holzpantoffeln bekleidet. Die Eltern tragen braune, halboffene Sandalen. Die Tochter kommt mit aufgeblasenen Schwimmärmeln an den Handgelenken aus ihrem Zimmer und imitiert Flatterbewegungen.

Susi (zur Mutter): *„Schau mal! Wie wäre es damit? Dann kannst auch mal mit ins Wasser?"*

Mutter (winkt lachend ab): *„Na danke. Mir reicht es, wenn ich mal ein wenig im Schatten liegen und mich ausruhen kann. Das kalte Wasser ist Gift für meine Bronchien."*

Susi zieht die Schwimmflügel wieder ab und legt sie auf den Tisch. Sie zeigt aber noch mal auf sie:

Susi: *„Mit denen könntest du wunderbar schwimmen lernen. Mama."*

Mutter (abwehrend) *„Hör auf. Dafür bin ich schon viel zu alt."*

Susi: *„Nie im Leben ist man für etwas Schönes zu alt."*

Mutter: *„Red' nicht so dumm daher. Hilf besser deinem Vater beim Einladen, bevor er wieder schimpft."*

Die Mutter hat die Kühlboxen mit Lebensmitteln, Cola-Dosen und Bier für den Vater, eingepackte Brote mit Wurst und Käse, Grillfleisch, Pappgeschirr und dergleichen gefüllt und hebt diese nun mühsam zur Tür. Ihre Tochter stopft unterdessen eine Wolldecke in eine Plastiktüte.

Susi: *„Wo ist denn der Papa so lang?"*

Mutter setzt sich erschöpft auf die Eckbank und zündet sich leicht hustend eine Zigarette an: *„Wo soll er sein? Er wird die Sachen ins Auto einladen. Den Tisch, die Stühl', den Grill, die Sonnenschirme. Hilf ihm halt. Sonst schimpft er gleich wieder."*

Susi (ablenkend): *„Soll ich uns das Kartenspiel mitnehmen? Dann können wir Mau-Mau oder Sechsundsechzig spielen…"*

65

Mutter (begeistert): „Ja, das ist eine gute Idee. Nimm auch noch das Dame-Spiel und die Würfel mit. Ich will deinen Vater noch beim Chicago-Spiel schlauchen."

Vater plötzlich in der Küchentür stehend: „Ihr schlaucht's mich jetzt schon."

Er blickt zu den Kühlboxen und Tüten: „Das ist immer ein halber Umzug mit euch."

Er nimmt die Sachen auf, trägt sie nach draußen und sagt dabei „Familie Beck geht auf Reisen".

Susi (phantasierend): „Au ja, das wär' toll, wenn wir jetzt nach Kanada fahren könnten zum Onkel Josef, nicht zum Baden an den Baggersee."

Vater (witzelnd): „Mit der Klapperkiste da draußen kommen wir nicht mal mehr nach Frankfurt."

Er verlässt wieder die Türe und geht nach draußen.

Mutter (fragend): „Nach Kanada?" (lachend) „Mit dem Finger auf der Landkarte vielleicht. Zu mehr reicht es nicht." (überlegt kurz) „Außerdem hab' ich dir schon hundertmal gesagt, dass das Thema Kanada keines ist, worüber man mit ihm reden soll."

Susi: „Ich versteh es immer noch nicht."

Mutter: „Du dummes Ding. Stell dich nicht so an. Er war als Kind im Lager und das hat Kanada geheißen. Und da haben sie seine Eltern umbracht. Und seine Brüder und seine Schwestern."

Susi: „*Aber Onkel Josef, der ist doch wirklich in Kanada oder nicht?*"

Mutter: „*Ja, aber … du kapierst überhaupt nichts, oder?*"

Susi: „*Ja, was denn nun? Es stimmt etwas oder es stimmt nicht. Und wenn es dann stimmt, dann darf man es doch auch sagen. Oder nicht?*"

Mutter: „*Es stimmt nicht immer alles zu jeder Zeit. Darum geht's. Vieles stimmt nur manchmal, so ist das.*"

Susi: „*Das ist mir zu hoch. Drei mal drei macht neun, egal ob es früh ist oder abends.*"

Mutter: „*Aber Kanada ist nicht gleich Kanada.*"

Susi: „*Onkel Josef hat aber kein Problem mit dem Kanada-Dingsbums, oder?*"

Mutter: „*Wenn du es nur mit deiner Arbeit nur halb so genau nehmen würdest, dann wär' es mir schon wohler.*"

Susi: „*Das musste jetzt ja kommen.*"

Mutter: „*Jetzt hören wir auf mit dem Geschwätz, sonst kommen wir nie zum Baggersee.*"

Susi (schwärmerisch): „*Ja, da ist es schön – an unserem kleinen Meer – da kann man sich wenigstens mal mit den Leuten unterhalten.*"

Mutter: „*Mit wem willst du dich denn unterhalten?*"

Susi: „*Ich mein ja bloß.*"

Sie geht in ihr Zimmer zurück. Ihre Mutter drückt ihre Zigarette aus, hustet leicht.

Aus dem Nebenzimmer hört man Schranktüren klacken, dann ganz unvermittelt ein lautes Krachen, dem ein nicht minder lauter Schrei der Tochter folgt: *„Nein …!!!"*

Mutter (gereizt): *„Was machst du denn schon wieder?"*

Susi (laut fluchend): *„Scheiße! Scheiße! Scheiße!"*

Susi (ruft aus dem Nebenzimmer): *„Verflixt, das hat mir gerade noch gefehlt zu meinem Glück."*

Der Vater kommt in die Küche zurück und wischt sich den Schweiß von der Stirn. Er ist etwas irritiert und sagt in Richtung der halb offenen Schiebetür: *„Bei uns wird nicht geflucht."*

Mutter (fast gleichzeitig): *„Was ist denn los?"*

Susis Stimme: *„Ach, mein Puppenhaus ist vom Schrank geflogen."*

Vater geht zur Schiebetür und schaut ins Zimmer seiner Tochter. Scherzhaft sagt er: *„Wollt ihr das auch noch mitnehmen…?"*

Susi (peinlich berührt): *„Ich hab' die Karten und die Spielesammlung gesucht."*

Vater: *„Und ich hab' gedacht, du wolltest schwimmen."*

Mutter (besorgt): *„Ist was kaputt gegangen?"*

Der Vater geht zurück und setzt sich neben seine Frau auf die Bank.

Vater: *„Gib mir mal einen von deinen Glimmstängeln."*

Mutter (empört): *„Das sind meine letzten."*

Vater (verärgert): *„Na, dann hol ich mir eben selber welche."*

Er steht auf und geht zur Türe: *„Immer das Geschieß mit den scheiß Zigaretten."*

Mutter (versöhnlich): *„Jetzt bleib doch da. Harry! Komm, Nimm dir eine. Ich muss halt nachher noch neue holen."*

Susi betritt mit der Spielesammlung die Küche. Zum Vater blickend: *„Wer wird denn gleich in die Kluft gehen, greif lieber zu HB."*

Mutter (einstimmend): *„Dann geht alles wie von selbst."*

Die Mutter lacht und streckt ihrem Mann die offene, noch halb volle Zigarettenschachtel entgegen. Leicht zögernd zieht er eine heraus.

Vater: *„Warum denn nicht gleich so?!"*

Die Mutter legt die Schachtel zurück, reicht ihrem Mann das Feuer. Er bückt sich mit der Zigarette über die Flamme und inhaliert den Rauch.

Mutter (zur Tochter): *„Bist jetzt bald fertig?"*

Susi stellt die Spiele auf den Stuhl an der Trennwand.

Susi: *„Umziehen muss ich mich noch."*

Vater (modernd): *„Aber was Gescheites, damit man sich mit dir sehen lassen kann, ohne dass man schief angeschaut wird."*

Susi (nickend): *„Ich könnt ja meinen grünen Rock noch mal anziehen."*

Mutter: *„Also nein, nicht schon wieder. Hast nichts anderes?!"*

Vater: *„Warum nicht? Wozu hab' ich ihn ihr unbedingt kaufen müssen, damit wir jetzt rumtun müssen, was am Baggersee eh wieder auszieht?"*

Mutter: *„Geh, Harry, wie passt das zu uns? Das Grün, optisch, verstehts wie ich mein? Was sollen da die Leute denken?"*

Susi (mit genervten Blick): *„Ich werd schon was finden."*

Sie geht in ihr Zimmer zurück.

Vater (ihr nachrufend): *„Aber beeil dich bittschön. Ich möchte auch wieder heimkommen heut. Morgen hab'' ich Frühschicht."*

Aus dem Nebenzimmer sind wieder Geräusche zu hören von Schranktüren zu hören. In der Küche herrscht kurzes Schweigen. Der Vater zieht an seiner Zigarette und bläst den Rauch in kleinen Kreisen in die Luft. Die Mutter lächelt ihm zu. Er verschiebt darauf seinen Stuhl und sitzt nun mit dem Gesicht zum Fenster, trommelt dabei mit seinen Fingern unregelmäßig auf den Tisch.

Vater (mit Blick zum Fenster): „*Ein schönes Wetter ist heut draußen. Hoffen wir mal, dass die da drinnen* (macht eine kurze Kopfbewegung zur Trennwand) *nicht noch länger braucht, damit wir auch was davon haben.*"

Mutter: „*Ich hab' eh nichts davon. Die Hitze macht mich auch hier fertig.*"

Sie fächert sich mit der linken Hand Luft ins Gesicht und als er darauf nicht reagiert, stupst sie ihn mit dem rechten Ellenbogen an: „*Da schau mal, wie ich schwitzen muss.*"

Sie zeigt ihrem Mann ihre durchnässte Achsel indem sie den rechten Arm in die Luft hebt.

Vater: „*Ja, schön tust schwitzen. Fragt sich nur wieso. Hockst ja doch dauernd nur rum die Woche über.*"

Mutter: „*Das kommt vom Asthma.*"

Vater (stichelnd): „*Zu fett bist auch.*"

Mutter: „*Du brauchst reden, schau dich doch an.*"

Vater: „*Ja, was ist mit mir?*"

Mutter: „*Früher warst rank und schlank – heut bist nur noch und.*"

Er drückt seine Zigarette aus und schaut auf die Uhr, schüttelt mit dem Kopf, lacht.

Vater (nachdenklicher): *„Ja, ja, früher war alles anders und besser. Angeblich. Frag mich nur wann und wo? Und bei wem? Vom Gewesenen kann man nicht mehr abbeißen. Heut steht einem das Wasser bis zum Hals. Die verdammten Schulden* (gekränkt) *… ich weiß nicht, warum ich mir das dauern vorhalten lassen muss. Ich weiß auch, dass ich nicht mehr so wie früher bin.* (kopfschüttelnd) *… überhaupt: dauernd das Gerede von Früher. So als wenn du mich nicht mehr mögen tust…"*

Mutter (erschrocken): *„Aber Harry, spinn dich aus. Du weißt doch, dass ich das nie so gemeint hab'. Ich hab' doch nur Spaß gemacht. Du weißt doch, dass ich ohne dich gar nicht mehr leben könnt.* (sanft*) Ich tät mich ohne dich nicht mehr zurecht finden im Leben. Wenn ich dich nicht hätte, dann wäre es aus mit mir. Das weißt schon, oder?"*

Vater (beruhigt): *„Ist schon gut. Manchmal könnt man aber meinen…"*

Mutter (nachdrücklich): *„Na, da brauchst gar nichts meinen, Harry. Ich wird dir immer treu sein. Für mich bist du … der …"*

Susi betritt wieder die Küche. Die Mutter unterbricht sich, schweigt. Die Tochter ist nun mit einer zartrosa Bluse und einer engen weißen Jeans bekleidet. Dazu trägt sie weiterhin ihre Holzpantoffeln. Durch ihre Bluse schimmert ein dunkler Badeanzug mit unterschiedlichen hellen Schiffchen. Ihre Haare hat sie nun zu einer Art Dutt

hochgesteckt. Die Mutter zündet sich eine weitere Zigarette an.

Susi (lachend): *„Und gefällts euch? Wie seh' ich aus?"*

Mutter (nickt anerkennend): *„Ja, so lass ich es mir gefallen. So schaust du wenigstens nach was aus."*

Vater (zeigt auf die Schwimmflügel): *„Willst die Dinger
auch mitnehmen?"*

Susi (schüttelt den Kopf): *„Na, ich brauch sie nicht. Ich
kann ja schwimmen, recht gut sogar Ich hab' letztes Jahr
das Freischwimmer-Abzeichen gemacht."*

Vater (stichelnd): *„Fett schwimmt immer."*

Susi (empört): *„Ich bin nicht fett."*

Die Hausglocke ist zu hören.

Susi: *„Wer kann das sein?"*

Mutter (freudig): *„Das ist bestimmt der Ricky, vielleicht
hat er es sich ja doch anders überlegt und will mit zum
Schwimmen. Gell, Harry, das wäre schön, wir mal wieder
alle beisammen?"*

Vater: *„Das tät mich schon wundern."*

Susi: *„Der Ricky hat doch einen Schlüssel, oder?"*

Vater: *„Ich tät halt aufmachen ... und wenn es nicht der
heilige Geist ist, sind wir nicht da, sonst kommen wir hier
nie mehr weg."*

Die Tochter verlässt die Küche um zu öffnen.

Mutter: „*Vielleicht ist es die Frau Müller vom zweiten Stock, die mal wieder was fürs Backen braucht. Wer soll es sonst sein, Sonntag früh…?*"

Vater: „*Der Gerichtsvollzieher ja wohl nicht, auch wenn er bei uns ein- und ausgeht, als würd' er hier wohnen.*"

Die Mutter drückt ihre Zigarette aus und lauscht wie der Vater den nun hörbaren Stimmen im Flur.

Stimme der Tochter Susi: „*Ja, so was, das ist aber eine Überraschung!*"

Frauenstimme: „*Gell, da schaust. Seid's ihr schon wach?*"

Susi (irritiert): „Äh, ja, … wieso?"

Frauenstimme: „*Fesch siehst aus. Gehst in die Kirch?*"

Susi: „*Ich? Was soll ich denn in einer Kirche?*"

Mutter (ungehalten): „*Mit wem schwätzt die denn da? Schau doch mal nach Harry!*"

Vater: „*Der Stimme nach ist es die Zupfel aus München.*"

Mutter (erschreckt): *Pssst…* (sie nimmt den Zeigefinger zum Mund) … *sonst hört sie dich noch.*"

Vater: *Wenn sie mich nicht hören will, brauch sie nicht hierherkommen.*"

Mutter: „*Geh, komm. Sie ist ja deine Schwester.*"

Vater: *„Ja, aber von Geschwistern kann man sich nicht scheiden lassen."*

Weiterhin Stimmen von draußen. Stimme der Tochter: *„Stell halt deine Tasche ab. Mama und Papa sind noch in der Küche."*

Frauenstimme: *„Komm ich etwa ungelegen?"*

Susi (steht bereits im Türrahmen): *„Äh, …das glaub ich … nicht."*

Vater und Mutter zünden sich nervös weitere Zigaretten an. Die Mutter hustet dabei kurz auf, der Vater steht auf. Susi betritt nun mit der Frau das Zimmer. Es ist Inge Siegel, die Schwester von Harry, damit Susis und Rickys Tante. Sie ist eine gut gebaute Dame im Alter Mitte vierzig. Sie ist in einem hell- und dunkelgrünen, geblümten Dirndl mit einer weißen Rüschenbluse, hellbraunen Halbschuhen und mit Nylonstrümpfen bekleidet. Sie trägt eine üppige blonde Frisur die an Marylin Monroe erinnert und eine leicht nach unten verrutschte große Brille, über deren Ränder sie hervorschaut. Um ihre Schulter baumelt eine kleine schwarze Handtasche mit silbernen Stickereien. In ihrer linken Hand hält sie ein Päckchen.

Vater (mit vorgegebener Freude): *„Ja, da schau her, die Inge aus München. Ja, grüß dich. Das ist aber eine Überraschung."*

Sie umarmen und küssen sich auf die Wangen.

Vater: *„Dass man dich auch mal wieder sieht."*

Inge Siegel stellt das Päckchen auf die Ablage neben den Radiowecker, der gerade auf 10:11 Uhr springt.

Inge: *„Grüßt Euch. Hallo Angie.“*

Sie geht zum Tisch und gibt der Mutter die Hand, setzt sich dann auf Handzeichen der Mutter auf einen Stuhl. Auch der Vater und Susi nehmen am Tisch Platz.

Inge: *„Gell, da schaut ihr jetzt,* (fragend) *tja, ihr seid ja alle so schön angezogen, wollt ihr weg?“*

Vater (schnell): *„Ja, wir wollen zum Baden und hinterher was Essen gehen.“*

Inge (entschuldigend): *„Oh, dann hätt' ich vielleicht doch vorher anrufen sollen?! Ich dacht', ich überrasch euch einfach mal.“*

Mutter (vorwitzig): *„Da, die Überraschung ist dir gelungen. Wir haben uns schon gefragt, wer da Sonntag früh was von uns will.“*

Kurzes Schweigen.

Mutter (ernster): *„Was machen wir denn jetzt?“*

Sie blickt zu ihrem Mann, der mit den Achseln zuckt. Sie zieht an ihrer Zigarette, schaut dann zur Tochter, dann zur Besucherin.

Inge (nach kurzem Blick zur Ablage): *„Einen Kuchen hab' ich euch mitgebracht. Ich mach doch jetzt Backkurse beim Hausfrauenbund. Ihr glaubt nicht, wie gut das bei den*

Leuten ankommt... (zum Vater gerichtet) *so gut wie deiner wird er nicht sein."*

Susi: *„Wir haben schon gefrühstückt."*

Vater (ablenkend): *„Wo hast denn deinen Sohn gelassen?"*

Inge: *„Den Ferdi? Der ist im Ferienlager."*

Susi: *„Echt?"*

Inge: *„Ja, mit den Pfadfindern."*

Vater (witzelnd): *„Und? Findet er was?"*

Mutter (fast zeitgleich): *„Inge, sag willst mitfahren. Dann kannst von mir einen alten Badeanzug haben, der müsst dir passen."*

Inge (wackelt abwägend mit dem Kopf): *„Ähm, ja, das ist keine schlechte Idee. Heut früh hab' ich selber noch dran gedacht, dass man bei so einem guten Wetter eigentlich baden gehen sollt..."*

Vater (drückt seine Zigarette aus, an alle): *„Ja, können wir dann los? Wir hängen hier schon eine geschlagene Stunde rum."*

Inge: *„Harry der Hektiker, ... as always in a hurry."*

Vater: *„Wie geht's der lieben Verwandtschaft in München?"*

Mutter (zu ihrem Mann): „*Du wolltest doch noch zum Tanken fahren? Die Inge kann uns ja später noch erzählen, wie es den Münchner geht.*"

Inge: „*Da gibt's nicht viel zu erzählen. So weit geht es allen ganz gut. Nächsten Monat fliegen alle nach Kanada. Alle, außer uns. Weil der Ferdi ja im Ferienlager ist.*"

Mutter: „*Und mit dem Geschäft?*"

Inge: „*Nicht so gut. Der Umsatz ist dieses Jahr nicht so besonders.*"

Mutter: „*Ja, sowas. Ich dacht' immer, bei euch läuft's so gut.*"

Inge: „*Na, überhaupt nicht.*"

Vater: „*Wie dem auch sei, ich fahr' jetzt mal zur Tankstelle und ihr beeilts euch, damit wir gleich loskönnen, wenn ich zurück bin.*"

Mutter: „*Bringst mir Zigaretten mit?*"

Vater: „*Jaja, keine Sorge.*"

Er verlässt das Zimmer.

Mutter: „*Was hast' denn für einen Kuchen mitgebracht?*"

Inge (stolz): „*Einen Apfelkuchen. Mit frischen Äpfeln vom Viktualienmarkt. Das ist erst mein zweiter. Der erste ist völlig in die Hose gegangen.*"

Susi: „*Und deswegen machst gleich einen Backkurs?*"

Inge (leicht gekränkt): *„Ja du bist ja noch jung. Du kannst das alles in der Schule lernen. Wir hatten das ja nicht."*

Susi: *„Ich mach das Abitur, da geht es um was anderes als ums Backen."*

Mutter (ausweichend zur Tochter): *„Was ist jetzt eigentlich mit deinem Puppenhaus?"*

Susi (mit verlegenem Blick): *"Das Dach ist abgebrochen und die Rückwand ist rausgesprungen."*

Die Mutter zündet sich eine weitere Zigarette an und bietet auch der Besucherin die Schachtel. Inge schüttelt nur leicht den Kopf.

Inge: *„Das Puppenhaus, dass ich dir mal geschenkt hab?"*

Susi (nickt): *„Ja, ... es ist mir vorhin vom Schrank gekracht, als ich die Tür aufgemacht hab. Um ein Haar wär' es mir auch noch auf den Kopf geknallt."*

Mutter: *„Das hat einen ganz schönen Schepperer gegeben."*

Inge (in Gedanken): *„Ja mein Gott, damals warst du ja noch so ...* (deutet die Höhe mit der Hand an) *... klein. Dass du das noch hast."*

Mutter (spottend): *„Die spielt heut noch damit."*

Susi (mit finsterem Blick zu ihrer Mutter, stammelnd): *„Pflege ... muss ... sein."*

Mutter (peinlich): „*Ich hol dir jetzt den Badeanzug, Inge.*"

Inge (schmunzelnd): „*Ja, dank dir Angie.*" (An Susi gerichtet): „*Wo ist denn dein Bruder?*"

Die Mutter verlässt die Küche in Richtung Hausgang.

Susi (schnell): „*Ach der? Der ist wieder bei der Oma übers Wochenende. Der kommt erst heut Abend wieder.*"

Inge: „*Dann seh ich ihn ja vielleicht noch, wenn es nicht zu spät wird. Was macht er denn gerad so in seine Ferien?*"

Susi: „*Wie immer, allen auf die Nerven gehen, was sonst…?*"

Inge: „*Ja, wie jetzt das?*"

Susi: „*Ja, weil er halt immer spinnerte Ideen hat. Im Moment ist er gerade ein Muselmann und betet zu Allah.*"

Inge: „*Was …?*"

Susi: „*Komplett meschugge. Er läuft herum wie ein Türke, mit Pluderhose, Käppchen, Kettchen, Gebetsteppich, zitiert dauernd blöde Sprüche aus dem Koran und solches Zeug. Mama und Papa drehen schon am Rad deswegen.*"

Inge: „*Aber hat er seine Konfirmation?*"

Susi: „*Bar Mitzwa heißt das. Konfirmation ist das bei Christen.*"

Inge: „*Ist doch letztlich dasselbe. Und was sagen die Eltern?*"

Susi: *„Die sind nicht gerade begeistert darüber, dass sie jetzt einen kleinen Türken im Haus haben ... der so klein ja gar nicht ist. Nach Zentimetern gemessen."*

Inge: *„Ja mai, in dem Alter probieren die Kinder halt vieles aus. Das wird nichts Ernstes sein. Letztes Jahr wollt' er ja Filmregisseur werden und da hab ich ihm ja die Kamera und den Projektor geschenkt."*

Susi: *„Er läuft halt eben öffentlich damit rum und das sehen natürlich die Nachbarn. Und wenn er nach den Ferien so zur Schule gehen wollte, dann gibt es Zorres, glaub ich."*

Inge: *„Ja und du, was machst du? Hast du jetzt schon einen Freund?"*

Susi (eifrig): *„Ja, natürlich hab' ich ... einen Freund ... auch wenn wir uns jetzt die letzten Tage nicht gesehen haben, weil ... weil er mit seinen Eltern in Urlaub ... hat fahren müssen."*

Inge (neugierig): *„Wie ist er denn? Ist er älter als du?"*

Susi: *„Ob er ...? Ja, der ist schon über zwanzig."*

Inge (argwöhnisch): *„Ja, jetzt wirklich?!"*

Susi (bekräftigend): *„Aber ganz sicher. Er war ja schon bei der Bundeswehr ... bei den Gebirgsjägern glaub ich sogar."*

Inge (etwas erschrocken): *„Bist aber schon vorsichtig, oder? Hast doch hoffentlich noch nichts gehabt mit ihm oder?"*

Susi: *„Aber Tante Inge, was glaubst du denn? Ich leb doch nicht auf dem Mond* (prahlend): *außerdem ist ja nicht mein erster Freund."*

Inge: *„Du bist aber noch minderjährig und wenn er schon erwachsen ist, kann es da schon Probleme geben."*

Susi schweigt.

Inge: *„Nimmst du die Pille? Sonst kannst du schnell schwanger werden. Wissen deine Eltern von ihn Bescheid?"*

Susi: *„Bloß nicht."*

Inge: *„Wer hat dich denn aufgeklärt?"*

Susi: *„Aufgeklärt, wieso?* (leichtfertig) *ich glaub sowieso, dass ich schwanger bin."*

Inge (aufgebracht): *„Bist du narrisch?!!"*

Susi (altklug): *„Ja mei, wenn ich schon seit drei Wochen auf meine Regel warten tu...?"*

Inge (betroffen): *„Und deine Eltern, was sagen die dazu?"*

Susi (schluckt): *„Gar nichts. Sie wissen ja nichts ...* (stottert) *... und sie ... dürfen das auch ... nicht erfahren ... äh ... auf gar keinen Fall ...* (ängstlich) *... die bringen mich ja um. Oh Gott!* (sie beginnt zu zittern): *... du darfst ihnen ... nichts ... sagen. Ich ... bitt' dich ...* (bricht ab)"

Inge (mitfühlend): *„Aber Kind, wie willst'n das geheim halten? Früher oder später kommt es ja doch raus."*

Susi (weinerlich): *„Aber bis dahin weis ich doch schon mehr … bitte … du bist … die … die … erste … der ich das … gesagt hab …* (fleht) *… ich … ich … vertrau dir … doch, verstehst du? Du darfst mich nicht verraten! Bitte! Das gäb' ein Unglück."*

Sie stützt ihr Gesicht mit den Armen am Tisch ab und beginnt zu weinen.

Inge (fassungslos): *„Um Gottes Willen, Mädel, beruhig dich, … ich will dir doch helfen. Das soll ich dir doch auch … oder … warum hast du es mir sonst erzählt?"*

Susi (die ihre Tante dabei direkt ansieht): *„Bitte versprich mir, dass du niemanden was sagst. Bitte!"*

Inge: *„Ja, weiß denn dein Freund auch nichts davon?"*

Susi: *„Ich seh ihn ja so selten … also versprichst du mir das?"*

Inge: *„Jetzt mach dir mal darüber keine Sorgen, wir finden schon eine Lösung."*

Die Tante nimmt Susi in den Arm, worauf diese sich etwas beruhigt und nach wenigen Augenblicken sogar wieder lächelt. Susi steht dann auf und kühlt ihr Gesicht mit Wasser. Die Tante sitzt reichlich fassungslos am Tisch. Die Geschichte hat ihr zugesetzt. Es arbeitet in ihr.

Susi (schon wieder gelassen): *„Ich schau mal, was die Mama so lang braucht. Ich komm gleich wieder."*

Sie verlässt die Küche. Tante Inge ist etwas bleich im Gesicht, schüttelt nun mit dem Kopf. Gedankenverloren stupst sie mit dem Zeigefinger gegen die Schwimmflügel auf dem Tisch.

Tante Inge zu sich selbst: *„Das Mädle weiß ja gar nicht, was auf sie zukommt."*

Die Mutter kommt mit einem gelben Badeanzug mit blaugrünen Blumenmustern zurück in die Küche.

Mutter: *„Entschuldige Inge, jetzt hat es doch a bisserle länger gedauert."*

Sie reicht ihrer Schwägerin den Badeanzug: *„Da."*

Die Tochter betritt ebenfalls wieder die Küche und sieht scheu in Richtung ihrer Tante.

Mutter (zur Schwägerin, die nickend den Badeanzug entgegennimmt und sogleich mit zusammengekniffenen Lippen zu Susi nickt): *„Geh, kannst dich gleich im Bad umziehen. Der Harry müsst auch jeden Moment von der Tankstelle zurücksein…"*

Inge wirkt noch immer etwas konsterniert und schaut ratlos zwischen ihrer Nichte, ihrer Schwägerin und dem Badeanzug hin und her.

Sie sagt *„Danke"* und geht mit dem Badeanzug aus der Küche.

Mutter (mit Blick zu den Schwimmflügeln): *„Jetzt räum endlich mal die blöden Dinger weg."*

Susi greift nach ihnen, fragt dann aber vorlaut: *„Willst sie wirklich nicht?"*

Mutter (ungehalten): *„Alt und grau darfst werden, aber nur nicht frech."*

Susi (zuckt die Achseln): *„Ich hab' ja nur gemeint, ... dann eben nicht."*

Die Mutter setzt sich und zündet sich eine Zigarette an. Ihr Blick wandert zur Küchenuhr, während sie genüsslich an ihrer Zigarette.

Mutter (zu sich selbst): *„Da machst was mit in dem Haus. Jetzt könnten wir schon längst am Baggersee liegen, ... an so einem schönen Tag, aber nein ...! Der arme Mann, nicht mal am Wochenend' hat er seine Ruh' ... und ich darf mir dann heut Nacht sein Gejammer anhören. Wie soll ich das nur dauernd ertragen?"*

Ihr Blick geht erneut zur Uhr, während die Tochter nun wieder aus ihrem Zimmer kommt. Sie setzt sich an den Stuhl neben der Trennwand. Es herrscht ein Moment der Stille.

Mutter: *„Was habt's ihr den geredet, als ich den blöden Anzug herumgekramt hab?"*

Susi: *„Ach nur über den Ricky und seinen neuesten Spleen."*

Mutter: „*Was gibt's denn da so viel zu reden?*"

Susi: „*Ja, mei, sie hat halt dauernd Fragen gestellt. Wo er ist, was er treibt und was noch. Kennst sie ja, mit ihrer Neugier.*"

Mutter: „*Hast wieder gelästert über ihn?*"

Susi (gleichgültig): „*Kann ich was dafür, wenn er nicht richtig tickt im Kopf?*"

Mutter: „*Ja, du brauchst reden, als wenn du wüsstest, was du tust und tun sollst, gell?*"

Susi (hellhörig): „*Was willst du damit sagen?* (etwas gekränkt) *Ich weiß schon, dass der Ricky dein Liebling ist.*"

Mutter (bestürzt): „*Jetzt red' nicht so einen Blödsinn. Du weißt ganz genau, dass ich euch alle beide mag. Aber in der letzten Zeit hackst du mir etwas zu oft auf ihm herum. Ich mein, er ist doch dein Bruder und du sollst schon versuchen mit ihm auszukommen. Ihr werdet beide älter. Denk mal daran, wie du warst mit dreizehn! Weiter warst du da auch nicht.*"

Susi (uneinsichtig): „*Ich ... ich hab' mich nicht als superschlau ausgegeben. Aber glaubt ja, dass die Weisheit mit Löffeln gefressen hat. Da hat der Papa schon recht. Ich mag den Ricky ja, aber mit seinem siebengescheiten Geschwätz geht er doch allen auf die Nerven. Und das schlimmste ist, dass er dauernd zur Alten rennt, wenn was ist. Sie kennt ja nur noch ihn.*"

Mutter (tadelnd): *„So weit ist es also schon? Vergiss mal nicht, dass „die Alte" immerhin noch meine Mutter ist, gell. Ohne sie wär bei uns schon öfter mal der Ofen auf Sparflamme gelaufen. Das gilt auch für dich, Fräulein."*

Susi: *„Du bist der einzige Mensch den ich kenn', der Fräulein als Schimpfwort gebrauchen kann."*

Mutter: *„Wenn du meinst."*

Susi (widersprechend): *„Mama, ich find' schon, dass du übertreibst. Was hat die Oma schon großartig für mich getan? Da brauchst nur den Papa fragen. Und weißt selber, dass sie mich nicht mag. Wenn ich mal bei ihr schlafen wollt, hat sie das abgelehnt. Gut, ab und zu schenkt sie mir mal eine Kleinigkeit. Aber zu meinem Geburtstag nächsten Monat kannst du es ja mal überprüfen, was ihr die Enkelin wert ist, im Vergleich zu ihrem Super-Ricky."*

Mutter (einlenkend): *„Vielleicht merkt sie aber auch deine Ablehnung und du bemühst dich ja auch nicht gerade um ihre Zuneigung. Hast du jemals was für sie gemacht?"*

Susi: *„Ja, das fehlt gerade noch, dass es jetzt meine Schuld ist. Ich bin es echt so leid* (hält sich die flache Handkante vor den Hals)*. Hoffentlich kommt der Papa bald. Ich mag da nicht mehr weiterreden. Ich kann von niemanden die Sympathie mit Geld einkaufen."*

Mutter (frustriert): *„Ich geb's auf. Du bist genauso stur wie dein Vater, wenn's um das Thema geht."*

Susi: „*Der Papa versteht mich eben. Dauernd stecken sie die Köpfe zusammen. Mal ist es meine Musik, mal ist mein Übergewicht. Immer haben sie was an mir zu finden. Ich bin echt froh, wenn ich nächste Woche meinen ersten Lohn kriege, dann braucht ihr nicht mehr die Al... die Oma fragen. Das wird dann ganz anders, wirst sehen. Wenn wir erst mal zu dritt Geld heimbringen. Und die Oma kann dann ihrem Liebling noch mehr zustecken. Das ist mir dann auch egal.*"

Mutter (seufzt): „*Ich werde noch verrückt in dem Haus* (sanfter) *... weißt Susi, ich hab' dir den Job besorgt, damit du mal ein eigenes Geld hast. Was glaubst du, was dein Vater erzählen tät, wenn ich jetzt Geld von meinem eigenen Kind nehmen wollt, nur damit wir jeden Tag was zum Essen haben. Der langt sich dann ja zurecht an den Kopf. Schließlich schuftet er sich ja ab für uns und ich jetzt auch noch und wenn das dann nicht reichen sollt?*"

Susi: „*Ja und? Scheinbar reichts ja nicht, oder?*"

Mutter: „*Das ist wegen die Kredite und die hohen Zinsen. Aber ohne das Auto hätte der Papa ja nicht den Job behalten können. Behalt du mal dein Geld, auch weil es ja dein erstes ist, sonst hast keinen Anreiz mehr, regelmäßig zu verdienen. Kauf dir was Schönes.*"

Susi (unnachgiebig): „*Ich versteh' dich nicht ... ist der Oma ihr Geld vielleicht besser als von mir?*"

Mutter: „*Also Susi, ich bitt' dich, was soll denn das blöde Geschwätz. Und gerade jetzt, wo die eine da ist? Die Inge braucht nicht zu wissen, wie bei uns mit den Finanzen gerade etwas eng ist. Es ist schon jetzt genug, wie die Münchner und die Kanadier auf deinen Vater herunterschauen, nur weil er nicht so ein Großverdiener ist, wie sie. Wie es bei uns aussieht, geht niemanden was an."*

Susi: *„Darüber hab' ich mit ihr ja auch nicht geredet."*

Mutter. *„Das will ich dir auch geraten haben."*

Susi: *„Weiß ich auch von selbst."*

Mutter (ablenkend): *„Ja, mei, wo bleibt denn die solange?"*

Susi (spöttend): *„Vielleicht ist sie ja ins Klo gefallen?!"*

Mutter (schmunzelnd): *„Das dürfte nicht so einfach sein."*

Susi (laut lachend): *„Der Ricky, die Bohnenstange, könnt durchrutschen, aber der passt dann von der Länger her nicht rein."*

Mutter (mahnend): *„Jetzt lach nicht so laut, sonst hört sie es noch."*

Susi (kichert nun leise): *„Das wär' doch das Foto des Jahres. Kennst das? ‚Good-bye grausame Welt' … und die Inge zieht dann die Kette, … wie der Aff' auf dem Poster!"*

Sie brustet vor Lachen: *„Erinnerst dich noch an das Poster das wir neulich im Kaufhaus gesehen haben? Ich krieg jetzt das Bild nicht mehr aus meinem Kopf."*

Mutter (nickt): *„Wenn es denn nur so einfach wär', dass man für alles einen Witz hat und danach ist Schluss. Aber so …?"*

Susi (neugierig): *„Sag, wie meinst du das jetzt?"*

Mutter (abwehrend): *„Nichts für dich. Vielleicht gehst mal schauen, wo sie bleibt. Vielleicht braucht sie ja Hilfe, weil sie allein nicht reinkommt."*

Sie zündet sich eine weitere Zigarette an und schaut nervös zur Uhr: *„Dein Vater lässt sich auch so viel Zeit. Hoffentlich hat er seinen Geldbeutel nicht wieder vergessen."*

Als Susi aufsteht und in Begriff ist, die Küche zu verlassen, hört man nun Geräusche. Tante Inge kommt zurück. Sie trägt dasselbe wie zuvor. Sie lächelt etwas verlegen, geht an Susi vorbei und setzt sich an die Längsseite des Tisches.

Mutter (neugierig): *„Und passt er dir?"*

Inge: *„Das war jetzt fast eine halberte Geburt, aber jetzt steck ich drin …"*

Die Tochter wird etwas bleich in Gesicht: *„Jetzt fehlt nur noch der Papa."*

Mutter (zeitgleich): *„Ist es nicht zu eng?"*

Inge: *„Nein, nein, passt schon, so gerade noch. Ich werde ja nicht rumturnen."*

Susi: *„Soll ich mal schauen, wo der Papa bleibt?"*

Mutter: „*Willst zur Tankstelle vorlaufen oder was?*"

Susi: „*Nein, zum Fenster könnt ich doch rausschauen.*"

Mutter. „*Und du meinst das hilft dann, weil er sonst nicht herfindet, wenn du nicht winken tust?*"

Susi: „*Ja sehr witzig. Dann halt nicht.*"

Mutter (etwas besorgt zu ihrer Schwägerin): „*Ja, sag mal, ist dir schlecht Inge? Du schaust so blass aus im Gesicht. Ist er dir doch zu eng? Ich kann dir ja auch einfache Shorts geben. Musst ja nicht ins Wasser, wenn es dir nicht gut ist.*"

Inge sieht zu Susi herüber, woraufhin diese leicht errötet und betreten zur Seite sieht.

Inge (an die Mutter gewandt): „*Mir geht es gut Angela, aber deine Tochter schaut mir etwas blass aus. Findest nicht.*"

Susi wirft ihr einen finsteren Blick zu.

Mutter: „*Also ich find sie hat knallrote Backen. Wo siehst du da was Blasses?* (zur Tochter): *Geht's dir gut?*"

Susi nickt: „*Ging mir nie besser.*"

Mutter: „*Schau an, dann haben wir das ja auch geklärt.*"

Inge (scherzend): „*Also was ihr immer habt's … schließlich wollen wir ja e raus an die Sonne, bei dem schönen*

Wetter. Dann wird schon jeder seine richtige Farbe haben oder finden."

Mutter (schaut etwas ratlos und stirnrunzelnd zu ihrer Schwägerin und pafft unabsichtlich eine Rauchwolke in ihre Richtung, die sie sofort mit ihrer Hand vertreiben möchte): „*Entschuldige, Inge, …*"

Es klingelt dreimal rasch hintereinander.

Mutter (forsch): „*Das müsst' jetzt aber der Harry sein. Also packen wir's!*"

Susi und Inge nicken. Die Mutter nimmt noch einen kräftigen Zug von ihrer Zigarette, drückt sie dann im Aschenbecher aus.

Alle verlassen die Küche.

3. Akt

Küche. Abends nach acht Uhr, am selben Abend. Die Küchentür geht auf und der Sohn Ricky tritt ein. Er ist nun in einem roten Fußballtrikot bekleidet, Hose und Hemd verweisen auf den FC Bayern München. Die Beflockung hat die Rückennummer 11 mit dem Namen Rummenigge. Er läuft barfuß und hat wieder sein gelbes Gebetskäppchen auf dem Kopf. In seinen Händen hat er einen großen Talmud-Folianten. Er stellt sich an den Herd, legt dort den Band ab, verneigt sich in alle vier Himmelsrichtungen und murmelt jedes Mal: *„schalom schalom".*

Ricky: *„Bracha merubba, Brüder und Schwestern."*

Er setzt sich auf den Sims des offenen Fensters mit geöffneten Handflächen, den Talmudband nun auf seinem Schoß liegend. Er zitiert mit mahnender Stimme:

„Tisch und Stühle, was wenn ihr mir nicht glaubt und nicht folgt, sondern sagt: Gott ist dir nicht erschienen - was dann, soll ich mit euch tun? Soll ich euch zu Boden werfen? Werdet ihr euch dann in Schlangen oder Vögel verwandeln oder in Splitter und Müll? Strecke ich dann meine Hand nach euren Trümmern aus, werdet ihr wieder zu Tisch und Stühlen oder ist alles nur ein verrückter Traum? Nun, tretet hervor und redet! Was? Ihr schweigt? Nun, so soll es so sein!"

Er schlägt das Buch heftig zu, springt auf und wirft es auf den Sims.

Mit erschütternder Stimme:

„Und so spricht der Herr der Heerscharen: wenn du meinen Wegen folgst und dich an meine Weisungen hältst, so wirst du auch mein Haus verwalten und über meine Höfe wachen und ich gewähre dir die Aufsicht über meiner Diener.

Höre gut zu, oberster Priester, du und deine Genossen, schon bald werd ich meinen Spross erblühen lassen. Er wird den Stein mit den sieben Augen offenbaren und er wird die Schuld dieses Hauses tilgen. Ihr werdet die Früchte vom Weinstock und Feigenbaum genießen und euch daran erfreuen."

Er läuft nun mit ausgesteckten Armen und geschlossen Augen im Zimmer umher.

Ricky (mit drohender Stimmer): *„Hört, ich werde Feuer gegen Gazas Mauern entsenden, das ihre Festungen verzehren wird. Ich werde meine Hand gegen Ekron wenden, damit der Rest der Philister zugrunde geht. Tisch und Stühle, sagt nicht, ich hätte euch nicht gewarnt."*

Er stößt gegen den Tisch, kippt dabei nach vorn. Seine Fingerspitzen berühren die Zigarettenschachtel der Mutter, welche sie auf dem Tisch hat liegen lassen. Er öffnet die Augen und ruft triumphierend:

„Ha, hab' ich euch, treulose Sünder! Baruch Schem, baruch schmo!"

Er hebt die Schachtel vor sein Gesicht, öffnet den Deckel und schüttelt die Packung:

„Sieh an, ihr zappelt, ... aber, ... aber ... bereut ihr auch und seid bereit zur Umkehr?"

Er entnimmt der Schachtel eine Zigarette, legt die Schachtel auf den Tisch zurück, während er die eine Zigarette vor seine Augen hält und sie mit ernster Miene anstarrt:

„Was höre ich? Du bezwecktest stets nur Gutes? Aber der Herr der Heerscharen sei mein Zeuge, dass du ein Lügner bist. Nun deshalb werde ich dich in gerechter Weise richten."

Er legt die Zigarette in die linke Handfläche. Mit seiner rechten zieht er nun an der Schnittstelle der Zigarette das dünne Papier fort und entblößt somit den Tabak. So geht er nun an das Fensterbrett und pustet den Tabak in seiner Fläche ins Freie. Er kehrt zurück zum Tisch und erhebt drohend seinen rechten Zeigefinger:

„Siehe, ich setze dich heute ein, Völker und Königreche auszurotten, zu zerstören, zu verderben, auszutilgen, aber auch zu bauen und zu pflanzen. Da euch nun der Sinn nach Spott vergangen ist, was habt ihr noch vorzubringen?

Freut und frohlockt ihr noch, ihr Räuber meines Eigentums? Hüpft ihr noch umher wie dreschende Kühe und wiehert wie Hengste?

Nun denn, deine Frechheit wird straucheln, denn dein Tag ist gekommen, die Zeit an der ich dich heimsuche!"

Er zieht nun die Besteckschublade etwas heraus und greift sich mit beiden Händen alle Messer und Gabeln, trägt sie dann zur Spüle und wirft das Besteck in die Luft. Die Messer und Gabeln knallen krachend im Spülbecken auf, einige Teile landen auch auf dem Fußboden. Ricky verneigt sich kurz vor ihnen, bückt sich dann nach ihnen, hebt sie auf und öffnet die Türe unter der Spüle, wohinter sich ein Abfalleimer befindet. Dort wirft er das aufgehobene Besteck hinein, jedes Stück einzeln:

„Ja, ganz plötzlich ist Babel gefallen und zerschmettert. Weint nur darüber. Betäubt eueren Schmerz mit Pillen, vielleicht hilft es, … vielleicht aber auch nicht. Hand aufs Herz, wen kümmert's, wen?"

Er geht erneut zum Tisch, nimmt die Zigarettenschachtel und wirft sie ebenfalls in den Abfalleimer und schließt dann wieder die Türe unter der Spüle.

„Mit euch, großen und kleinen Löffeln habe ich Mitleid. Ihr seid nicht beteiligt an den Schnitten der Frevler und Stichen der Bösen, sondern müsst deren Suppen auslöffeln

und Brühen umrühren. Ihr sollt fortan aus der Quelle des Lebens schöpfen."

Damit schiebt er die Schublade wieder zu. Er setzt sich nun auf den Tisch, mit angezogenen Knien, die Ellenbogen auf den Kniespitzen, den Kopf auf seine geballten Fäuste gestützt.

Mit hallender Stimme ruft er: *„Hoeness auf Breitner, Breitner auf Rummenigge, ein kurzer Dreher nach Links, Tor, Tor, zwei zu null, das ist die Entscheidung."*

Er beginnt zu weinen. Mit von Tränen durchnässten Gesicht betrachtet er nun die Anbauküche, den Herd, die Ablage, die Spüle, als wären sie allesamt fremd für ihn. Sein Blick heftet sich letztlich auf ein Paket, das mit grau-gelbgesteiften Papier umwickelt ist. Sein Weinen wird dabei immer heftiger.

Er ruft aus: *„Das ergibt alles keinen Sinn. Ich bin komplett meschugge."*

Er springt vom Tisch, nimmt den vollen Aschenbecher, geht damit zum Kühlschrank, öffnet ihn und stellt den Aschenbecher ins Gefrierfach neben einige Packen gefrorenen Fleischstücken:

„Asche zu Asche, Staub zu Staub."

Damit schließt er den Kühlschrank auch wieder. Er geht nun im Halbdunkeln wieder zum Fenster und legt sich mit den Füßen zur Tür weisend, als wäre er ein Sterbefall, seine Arme über der Brust verschränkt. Es ist bereits dämmerig-dunkel, nur durch entfernte Straßenlaternen fällt noch schwaches Licht in die Küche. Mit gebrechlicher Stimme betet der Junge:

„Schma Jisrael, adonia elohenu, adonai echooooooooood …!"

Dann ist sein Schluchzen zu hören. Er liegt so einige Momente, bis er das Aufreißen der Haustüre vernimmt. Er hebt kurz den Kopf, schweigt, erschrickt dann, als die Tür zur Küche aufgerissen wird und eine Gestalt – seine Schwester Susi in das Nebenzimmer hinter der aufgerissenen Schiebtüre rennt. Sie öffnet die Schiebetür ebenso ruckartig wie sie sie schließt. Ricky steht nun auf, setzt sich auf die Fensterbank und nimmt den Talmudband vom Fenstersims. Er beobachtet im Dunklen. Ein dünner Lichtfaden schimmert durch einen Schlitz hinter der Schiebetür. Er lauscht weitere Geräusche aus dem Hausgang. Jemand weint fürchterlich. Die Küchentür wir geöffnet und das Licht wird angemacht. Die Mutter steht an der Tür und starrt sogleich auf ihren Sohn, der sie amüsiert ansieht. Sie lächelt nur verkrampft zurück.

Mutter: *„Was machst du denn hier im Dunkeln?"*

Ricky: *„Was ist hier dunkel?"*

Mutter: *„Ja vorhin."*

Ricky: *„Du hast mich gesehen,* bevor *du das Licht ange-macht hast und im Zimmer warst?"*

Mutter: *„Red' doch nicht dauernd so einen Blödsinn. Sag mal ... warum heulst du?"*

Ricky (beiläufig): *„Hallo. Ihr kommt aber spät ... vom Baden ... oder?"*

Hinter der Mutter steht nun Inge an der Türschwelle. Sie betritt das Zimmer. Der Sohn wischt sich seine Tränen aus den Augen und tut so, als ob ihn das Licht blendete.

Ricky: *„Warum ... heult ihr ... nicht?"*

Inge: *„Hallo Richard, mein Schätzle. Grüß dich!"*

Sie geht auf ihn zu, umarmet ihn und streicht über seine Haare.

Inge (zur Mutter): *„Komm setzen wir uns erstmal. Der Harry hat gesagt, er bringt erstmal die Sachen zurück in den Keller."*

Beide Frauen setzen sich auf Stühle. Tante Inge besänfti-gend zur Mutter, die nun leise schluchzt und ihren Arm um deren Schulter legend:

„Geh, Angela ... jetzt beruhig doch wieder ... das kommt schon wieder alles ins Lot, wirst sehn."

Ricky schweigt und beobachtet beide ohne eine Miene zu verziehen.

Mutter (leicht hysterisch): *„Womit haben wir das nur ver-dient? Warum straft uns Gott nur so?"*

Ricky (kalt): *„Bist du schon lange hier, Tante...?"*

Inge (knapp): *„Seit heut früh."*

Mutter (in unveränderter Stimmung): *„Na ... na ... na* (schüttelt den Kopf) ... *das überleb ich nicht ... so eine Schand' ... nein. Zuviel ist Zuviel."*

Inge (ernsthaft bemüht): *„Angie, bitte. Jetzt reiß dich doch zusammen, was soll denn dein Sohn von dir denken?"*

Ricky: *„Gute Frage, fast."*

Er sieht beide Frauen schmunzelnd an. Aus dem Neben-zimmer ertönt nun in mittlerer Lautstärke Schlagermusik:

„Wir sind alle kleine Sünderlein, das war immer so ... das war immer so, das war immer so, immer so ..."

Ricky (begeistert): *„Geil!"*

Mutter (irritiert): *„... was ...?"*

Ricky: *„Da mag schon was dran sein."*

Inge: *„Warst Fußball spielen?"*

Ricky nickt.

Die Mutter beginnt leicht zu husten. Sie blickt ängstlich zur Tür. Tante Inge lächelt etwas verlegen zu Ricky, kümmert sich kurz um seine Mutter.

Inge (zu ihrem Neffen): *„Wie war's denn bei der Oma?"*

Ricky (nüchtern): *„Lustiger."*

Er setzt sich auf die Eckbank.

Mutter (nun gefasster): *„Das glaub ich dir."*

Ricky (spitzfindig): *„Und ihr? Ihr ward's Baden gegangen?"*

Mutter (schluckt): *„Ja, so kann man's auch ausdrücken* (zögert): *Wir waren am Baggersee* (ablenkend): *Und was habt ihr gemacht?"*

Ricky: *„Was ein glücklicher Enkel mit seiner Oma eben machen kann: Schach spielen und im Park spazieren gehen, um Vögel beobachten* (zu sich selbst): *und was noch? Ach ja, gebetet haben wir, viel, ja viel.* (wieder zu seiner Mutter): *Und dann, ja wir waren noch bei ihrem neuen Verehrer. Toller Typ. Endlich hab' ich einen Opa. War wirklich super. Jetzt kann ich künftig in der Schule auch angeben. Wahnsinn!!"*

Die Mutter zieht ihre Augenbrauen nach oben. Sie wirkt erschöpft und schweigt, da der Vater die Küche betritt. Er steuert sofort zur geschlossenen Schiebetür und hämmert ohne Zögern dagegen anstatt sie zu öffnen.

Aus dem Nebenzimmer ertönt weiter Musik:

„Blau blau blau blüht der Enzian …, wenn die Alpen blüh'n …"

Der Vater ist erzürnt und schreit laut an der noch verschlossenen Schiebetür:

„Du, mach sofort den Krach aus, oder ich hau dir den Scheiß-Kasten kurz und klein, verdammtest Miststück!"

Aus dem Nebenzimmer ist sogleich das Klack-Geräusch des wohl ausgeschalteten Cassetten-Rekorders zu hören. Der Vater wendet sich ab und sieht zu den am Tisch Sitzenden. Seine gereizte Stimmung, die mit den Händen zu greifen ist, lässt die im Raum sitzenden erstarren. Er geht zum Kühlschrank, nimmt zwei Dosen Bier heraus und knallt die Türe lautstark zu. Die Frauen zucken leicht zusammen. Indes sieht die Mutter zur Trennwand. Der Vater geht zum Tisch und gibt seiner Schwester Inge die andere der beiden Dosen, öffnet dann die seinige.

Inge (freundlich lächelnd): *„Dank Dir. Das ist jetzt gut. Mein Hals ist wie zugeschnürt."*

Sie öffnet ihr Dose und nippt daran.

Dar Vater sieht nun zum Sohn herüber.

Vater (lakonisch): *„Da schau her, der Eierkopf ist auch wieder im Nest."*

Er öffnet seine Dose und trinkt, während er sich neben seinen Sohn setzt, der hastig nach innen rutschen will, aber keine Chance hat dem Arm seines Vaters zu entgehen, der etwas grob nach seiner Schulter greift.

Vater: *„Hiergeblieben Schwuli."*

Mutter: *„"Harry, ... was soll das?"*

Inge: *„Harry!"*

Vater: *„Liegt's draußen und flennt die Schnalle?"*

Mutter: *„Harry, ich bitt' dich, hör' auf jetzt, das führt doch alles zu nichts."*

Vater (düster): *„Sagst du. Ich sag: besser ein Ende mit Schrecken als ein Schrecken ohne Ende. Verstehst, wie ich mein?"*

Er klatscht mit seiner Hand lautstark auf den Tisch, was alle anderen Anwesenden zusammenzucken lässt.

Ricky (verunsichert): *„Ich geh jetzt wohl besser ins Bett."*

Er will aufstehen, doch sein Vater drückt ihn mit der Hand um seinen Nacken recht unsanft zurück auf den Stuhl:

„Du bleibst sitzen Bürschle, wenn'st dir keine Schläge einfangen willst. Kannst dir schon anhören, was für ein Flittchen du als Schwester hast. Gerad recht zum Anspucken. Aber arg viel mehr machst du ja auch nicht her, gell Burschi?!"

Tante Inge weicht dem eingeschüchterten Blick des Jungen aus. Die Mutter beginnt erneut zu weinen.

Ricky (gequält): *„Könnt ihr eure Erwachsenengespräche nicht ohne mich führen. Ich bin ein Kind und müde und kann euch sicher nicht helfen."*

Vater: *„Noch ein Wort von dir Burschi und du spürst meinen Gürtel. Glaub mir, ich lass den Frust von vier Wochen an dir aus. Hast das verstanden jetzt?"*

Inge: *„Ricky, sag ja."*

Ricky (nickt): *„… ja, entschuldige."*

Vater (gibt dem Sohn trotzdem einen kräftigen Schlag auf den Hinterkopf): *„Ich hab' gesagt, du sollst dein Maul halten."*

Der Sohn zuckt unter dem Schlag zusammen du schaut flehend zwischen Tante und Mutter hin und her, doch beide reagieren nicht zu seinen Gunsten.

Mutter: *„Letzt lass ihn halt, Harry."*

Vater: *„Nichts da, der Kerl ist mir viel zu lang verzogen worden, von dir und der Alten. Ich lass nicht zu, dass der so einer wird, eher schlag ich ihn tot. Das könnt ihr mir schon glauben. Reicht schon, dass die Schlampe da draußen herumhurt."*

Inge: *„Harry, lass es mal gut sein und beruhig dich mal."*

Vater: „Halt du dich da raus."

Inge: „Nein tu ich nicht. Du hast gerade damit gedroht deinen eigenen Sohn umzubringen. Da darf sich keiner mehr raushalten."

Vater: „Ja, ist schon gut. Das ist so im Zorn gesagt."

Inge: „Es gab auch schon welche, die das im Zorn gemacht haben."

Er packt seinen Sohn kräftig, aber auch neckisch im Nacken.

Vater: „Siehst ja, ist noch alles dran an ihm. Ihm fehlt nichts. Stimmts Bubi?"

Ricky nickt verunsichert.

Vater: „Und Bubi, weißt überhaupt worum es hier geht?"

Ricky schaut mit offenen Augen, offenbar etwas erleichtert darüber, dass er Fragen statt Schläge abbekommt.

Vater: „Nein? Sonst weißt ja auch immer alles. Aber mit dem echten Leben ist es halt doch was anderes, gell Schlaumeier? Also sag ich dir, was los ist: Onkel wirst, Bubi."

Mutter: „Jetzt lass doch endlich den Buben in Ruh."

Vater (au8fbrausend): „Ach ... jetzt bin ich's plötzlich, oder?" Er springt auf: „Wisst ihr was ihr ich alle mal könnt?

Am Arsch lecken könnt ihr mich … allesamt, auf gut Deutsch gesagt."

Nach einer kurzen Weile richtet er sich an seine Schwester: „*Musst schon entschuldigen Inge, wenn ich so rede, aber anders verstehen die mich nicht. Siehst es ja selber.*"

Aus dem Nebenzimmer kommt nun wieder Musik:

„*Das alte Haus von Rocky Tocky hat vieles schon erlebt, kein Wunder, dass es zittert, kein Wunder dass es bebt…*"

Inge (mehr zu sich selbst): „*Also langsam bereue ich es schon, dass ich es euch gesagt hab. Ich hab' wirklich gedacht, dass ihr viel vernünftiger wärt's.*"

Vater (erzürnt): „*Ja du kannst da leicht daherreden. Schau dir deinen Sohn an, was der von dir dauernd Schläge bekommt. In der Woche mehr, als meiner im Jahr. Stimmst Bubi?*"

Ricky: „*Ich will gehen, ich hab' Angst und bin müde. Was soll das alles? Ich versteh es nicht. Ich bin nur ein dummes Kind.*"

Vater: „*Sitzen bleibst, oder du kriegst was ab, was dir deutlich unangenehmer sein dürft.*"

Ricky: „*Ich muss aufs Klo.*"

Vater: *„Dann mach halt in die Hosen. Wär ja auch nicht das erste Mal, oder? Die Mama macht es dir schon wieder sauber."*

Inge: *„Harry. Ich mein es euch ja nur gut. Ein jeder hat so seine Probleme. Damit muss man eben fertig werden. Für mich ist es ja auch nicht immer einfach das Geschäft zu führen und auch och meinen Buben allein groß zu ziehen – und der Ferdi ist bestimmt viel schwieriger als euer Ricky. Ich würd' auch gerne am liebsten mal den ganzen Kram hinwerfen. Ich bekomm' ja auch nichts geschenkt im Leben."*

Mutter (lakonisch): *„Zumindest kannst jetzt ja mal den Verwandten in München und Kanada erzählen, wie es bei uns so zugeht."*

Inge (erschrocken): *„Geh, spinn dich aus Angela. Von mir … ich … ich sag doch nichts weiter. Außerdem bei denen läuft auch nicht alles rund. Da braucht ihr euch gar nichts denken. Ich misch mich doch nicht ein, wenn ich nicht gefragt werd'!"*

Sie nippt nochmal an ihrem Bier. Der Vater trinkt ebenfalls, prostet ihr symbolisch zu.

Ricky: *„Nein? Damit macht man sich nur Ärger, was?"*

Vater (zum Sohn): *„Was weißt du schon?"*

Mutter beginnt laut zu husten, bekommt zeitweilig keine Luft und röchelt etwas. Ihre Schwägerin beugt sie nach vorne und klopft ihr auf den Rücken.

Vater (genervt): *„Jetzt fängt sie wieder an. Also glaubst es!? Immer am Wochenende! Irgendwann erstickst noch, wenn du so weiter machst."*

Inge (besorgt): *„Tief durchatmen Angela, ganz ruhig. Komm, ja … so ist es gut … gleich nochmal. Siehst, jetzt geht's schon wieder, gell?"*

Mutter hustet und räuspert sich noch ein wenig. In Richtung ihrer Schwägerin murmelt sie ein knappes *„Dank Dir."*

Zu Ihrem Mann: *„Du tätest mich verrecken lassen, oder?"*

Vater: *„Ja sicher, und wer hat dich schon fünf Mal das Jahr ins Krankenhaus gebracht, … zweimal mitten in der Nacht? Aber Undank ist der Welten Lohn*, …" Er schüttelt den Kopf und wischt sich den Schweiß von der Stirn.

Vater: *„Soll man den Kuchen …?"*

Ricky (lacht auf, dann sagt er schnell): *„Übernachtest du heute bei uns, Tante Inge?"*

Inge (aufgeschreckt): *„Ich? Nein, Ich fahr jetzt dann."* Mit Blick auf die Uhr fährt sie fort: *„Du lieber Gott, es ist ja schon so spät geworden."* Zu den Eltern sagt sie: *„Harry,*

Angela, ich muss mich jetzt auf den Weg machen, sonst krieg in München keine S-Bahn mehr."

Vater: *„Ich fahr dich hin, vorausgesetzt, dass die Kiste anspringt. Quasi als Entschädigung für die Streitereien. Sonst glaubst ja noch, ..."*

Inge (mit gespielter Empörung): *„Ach Harry, red keinen Unsinn."*

Mutter (noch leicht hustend): *„Kannst du noch fahren mit deine fünf Bier?"*

Vater (angeberisch): *„Ich könnt mit zehn Halbe noch besser fahren, wie die meisten nüchtern. Aber ich hab' nur drei gehabt heut, nicht fünf."*

Mutter: *„Ich dachte es wären sechs gewesen, zwei beim Baden, drei beim Abendessen ... jetzt noch eins."*

Ricky (kichert leise und murmelt): *„Höhere Mathematik."*

Inge zwinkert ihm mit dem Auge zu.

Mutter schnell: *„Aber es stimmt schon, der Harry ist ein sehr guter Autofahrer. Immer verantwortungsvoll und mit Überblick."* Plötzlich allgemein in argwöhnischem Tonfall: *„Wo sind den eigentlich die Zigaretten hin, die da am Tisch gelegen sind?"*

Die Mutter sieht zu ihrem Sohn, der die Lippen spitzt und mit den Achseln zuckt.

Inge (steht auf): „*Also packen wir`s? Den Kuchen lass ich euch ja da.*"

Vater (einstimmend): „*Ja, jetzt müssen wir los, damit noch rechtzeitig heimkommst.*"

Er trinkt steht ebenfalls auf und trinkt seine Dose in einen Zug leer und zerdrückt sie dann mit der rechten Hand und wirft sie seinem Sohn zu, der sie ohne sich zu rühren zu Boden fallen lässt, wo sie scheppernd gegen ein Stuhlbein schlägt.

Vater (abwertend): „*Null Reaktion. Bist schon lahm?*"

Ricky: „*mewarech adam im menucha.*"

Inge reicht Ricky die Hand, schüttelt die seine, die er ihr aufstehend entgegenstreckt.

Vater: „*Tow jeled. Amen.*"

Inge (herzlich): „*Mach's gut.*"

Ricky: „*Du auch und grüß mir den Ferdinand. Er soll mich mal anrufen.*"

Mutter (scherzend): „*Mach's gut oder mach's besser, wenn's sein muss mit dem Messer.*"

Richard sieht irritiert zur Mutter. Mutter, Vater und Tante gehen zur Küchentüre.

Inge: *„Die Susi lass ich besser in Ruhe. Ich glaub nicht, dass sie mich heut noch mal sehen will."* An Ricky gewandt: *„Sagst, dass es mir leidtut. Ich habe mir doch nur Sorgen gemacht."* An die Eltern gerichtet: *„Geht am besten morgen gleich mit ihr zum Arzt und lasst einen Schwangerschaftstest machen. Da habt ihr Gewissheit, so oder so."*

Vater (stichelnd): *„Was ist jetzt, wollts nochmal hinsetzen und 'ne Runde schwätzen?"*

Inge: *„Immer langsam. Eine alte Frau ist kein D-Zug."*

Sie lacht und umarmt die Mutter. Alle gehen aus der Küche, so dass Ricky wieder alleine ist. Er bückt sich schmunzelnd nach der Bierdose und legt sie auf den Tisch. Dann nimmt er die halbvolle Dose seiner Tante und nippt wenig daran. Dann stellt er die Dose auf die Spüle und kippt das Bier aus.

Die Mutter kommt in die Küche zurück.

Mutter: *„Du ich geh jetzt rüber ins Wohnzimmer und schau noch, ob noch ein Krimi oder sowas kommt. Du kannst nachher auch ins Bett gehen."*

Ricky: *„Ist gut. Schlaf gut."*

Mutter: *„Du hast meine Zigaretten auch nicht gesehen?"*

Ricky: *„Nur Bierdosen."* Er zeigt auf den Tisch.

Die Mutter geht wieder aus dem Zimmer. Ricky nimmt nun die Dosen, geht dann zur Schiebetür und öffnet sie.

Ricky (nüchtern): *„Kannst rauskommen. Die Luft ist rein. Ich werd mal eben noch den Abfall raustragen. Im Kühlschrank steht eine Cola, die hab' ich von Oma mitgebracht."*

Er öffnet den Schrank unterhalb der Spüle und schnappt sich die Mülltüte, wodurch das Besteck darin klappert.

Ricky: *„Ganz schön schwer."*

Er verlässt damit die Küche. Kurz darauf betritt die Tochter wieder den Raum. Susi hat eine geschwollene Lippe und ein leicht bläulich umrandetes Auge. Sie trägt noch die weiße Jeans, die leicht verschmutzt ist. Ihre Bluse ist leicht eingerissen und hat ein paar rötlich Flecken an der Brust. Ihre Haare hängen ungekämmt um ihre Schultern. Sie läuft barfuß und geht zum Kühlschrank, wo sie Cola-Dose entnimmt, sie öffnet und daraus einen kräftigen Schluck nimmt. Aus dem Schrank nimmt sie zwei ausrangierte Senfgläser und stellt sie auf den Tisch, dann setzt sie sich.

Susi (zu sich selbst): *„Was für eine tolle Familie!"*

Ricky kommt zurück in die Küche: *„Schalom!"*

Susi: *„Hi!"* (fragend): *„Seit wann trägst du freiwillig den Müll raus?"*

Ricky (verschmitzt): „*Das war einfach mal fällig.*"

Er setzt sich auf den Fußboden unterhalb des Fensters.

Ricky: „*Willst dich nicht zu mir runtersetzen?*"

Susi (skeptisch): „*Ich weiß nicht. Du kannst dich ja auch auf die Bank setzen oder auf einen Stuhl. Wieso am Boden?*"

Ricky: „*Um die Dinge sozusagen mal von Grund auf zu betrachten. Außerdem ist der Boden schon hundertdreißig-tausendmal abgeschleckt worden, da passiert nichts.*"

Susi lacht unwillkürlich auf, greift sich dabei an die Lippe: „*Also um meinen Hose ist es jetzt auch nicht mehr schad', weil dreckiger als sie jetzt schon ist, kann sie ja kaum noch werden. Ich denk' mir halt, dass es unbequem ist. Außerdem bin ich heut schon am Boden gewesen.*"

Ricky: „*Früher hat es dir doch auch nichts ausgemacht. Das Übel des Erwachsenwerdens liegt im Vermeiden des Bodenkontakts begründet.*"

Susi steht kopfschüttelnd auf: „*Hast ja eigentlich recht.*"

Sie setzt sich mit ihrem Glas auf den Boden, neben ihrem Bruder. Sie reicht es ihm, doch er schüttelt leicht den Kopf.

Ricky: „*Erinnerst du dich an unsere wilden Kissenschlachten im Wohnzimmer? Einmal ist doch die Lampe kaputt gegangen, die sie am Tag vorher gekauft haben.*"

Susi lächelt und nickt.

Ricky (weiter): „*Oder du! Hast mit Mutters Lieblingskissen die Scheibe zerdeppert* (er imitiert Knallgeräusche): *wusch, päng hat es gemacht und die Scheibe war dahin. Oder weißt du noch, wie wir …* (hält inne und bemerkt, dass sein Schwester leise weint) … *Sag mal, was ist eigentlich passiert?*"

Susi nimmt einen Schluck von ihrem Glas und stellt es ab und räuspert sich.

Susi: „*Sieht man das nicht?*" (Sie zeigt auf ihre Kippe) „*Der Pap … ich mein, unser Vater … er ist komplett ausgerastet heut Abend … im Lokal.*" (Sie schaut kurz zur Uhr) „*So vor knapp zwei Stunden ist er auf mich los, …*"

Ricky (sieht ungläubig an seiner Schwester herab, nickt dann beeindruckt): „*Tatsache …? Tatsache!*"

Susi (nickt ebenfalls): „*Er hat auf mich eingeschlagen wie ein Irrer. Siehst ja, wie ich aussehe.*"

Ricky: „*Ich seh, wie du aussiehst.*"

Susi (schüttelt den Kopf): „*Ich hab geblutet wie ein Schaf beim Schächten, weil er mich an der Nase erwischt hat.*"

Kurzes betroffenes Schweigen.

Ricky: *„Krass."*

Susi: *„Alles Mögliche hat er mich genannt, ein billiges Flittchen, einen missratenen Krüppel..."*

Ricky: *„Der bin ich ja sonst..."*

Susi: *„Eine dreckige Hur' und alles während er zugeschlagen hat wie ein Boxer ... also richtig mit der geballten Faust."*

Ricky: *„Im Lokal?"*

Susi: *„Ja, im Stammlokal, der Alpenrose. Kannst dir vorstellen, was da los war?"*

Ricky: *„Nicht im Ansatz. Aber vermutlich wars für alle peinlich."*

Susi (seufzt): *„Mindestens. Die Mama hättest' sehen sollen."*

Ricky: *„Hab' ich vorhin. Da hat sie sich aber bloß für ihre Zigaretten interessiert..."*

Susi: *„Und die Verräterin..."*

Ricky: *„Die Verräterin?"*

Susi: *„Die Mama wollt die ganze Zeit dazwischen gehen, konnt' es aber nicht. Einmal hat er sie weggestoßen, da* *hab' ich Angst gehabt, dass er ihr was tut. Der Wirt hat sich dann eingemischt."*

Ricky: *„Der Schorsch?"*

Susi: *„Ja, der Schorsch, der Vater vom Basti. Weil, ... es haben sich Leute beschwert. Klar, da waren ja noch andere Leut im Lokal, auch ein paar Kinder ... und die haben ja sein Geschrei auch gehört, und meins auch. Mensch Meier, war das ein Zirkus."*

Ricky: *„Ich wäre auch dazwischen gegangen."*

Susi: *„Glaubst ja selber nicht."*

Ricky: *„Glaub ich schon, ich bin immerhin größer als er."*

Susi: *„Das reicht nicht, wenn er wütend ist."*

Ricky: *„Er hat sich schon mal drüber beschwert, dass er bei mir nur Knochen trifft und er sich selber weh tut, wenn er mich haut."*

Beide lachen.

Susi: *„Wie auch immer. Die Mama hat auch rumgeheult. Ich hab' geschrien wie am Spieß. Er hat ja auch dauernd zugeschlagen und an meiner Bluse gezerrt."*

Ricky: *„Warum?"*

Susi: *„Weiß ich auch nicht. Hab' ja schon gesagt, er war ganz außer sich."*

Ricky: „*Ist er doch eh dauernd.*"

Susi: „*Ja. Und das ganze Lokal war im Aufruhr. Die Leute sind aufgesprungen und haben rumgeschrien. Der Schorsch hat dann gesagt, dass er schon die Polizei gerufen hätt', ... erst dann hat der Papa aufgehört und ist ruhiger geworden.*"

Ricky: „*Baruch ha-Schem!*"

Susi: „*Aber dann hat er angefangen, mich vor dem Wirt und den Leuten schlecht zu machen. Aber er hat sich auch entschuldigt, beim Wirt ... ich weiß dann nicht mehr, was er noch gesagt hat, weil ich mit der Mama auf Klo gegangen bin. Ich war ja überall voll Blut. Die Mama hat dann mein Nasenblut gestoppt und versucht mich mit nassen Papiertüchern sauber zu machen. So gut, wie es halt gegangen ist.*"

Sie zeigt auf die Flecken ihrer Bluse.

Ricky: „*Solltest du dir ungewaschen aufheben als Beweisstück.*"

Susi (fortfahrend): „*Die Mama ist dann ganz freundlich zu mir geworden und hat mich umarmt und abgeküsst. Dann hat sie was gemurmelt, von wegen, dass sie ja jetzt Oma wird ... oder so ähnlich. Ich wäre ja am liebsten davongerannt, egal wohin. Aber die Mama hat mich gezwungen wieder zurück zu gehen mit ihr. Sie hat mir dauernd den*

Weg versperrt und mich an den Händen gepackt. Ich wollt mich jedenfalls nicht auch noch mit ihr anlegen."

Ricky: „Und wie gings weiter?"

Susi: „Als wir wieder im Gastraum waren, war die Polizei beim Papa zusammen mit der Verräterin."

Ricky: „Verräterin?"

Susi: „Ja, die Tante Inge. Sag bloß, du weißt von gar nichts?"

Ricky: „Wenn Erwachsene reden haben Kinder Pause."

Susi: „Die waren halt alle im Nebenzimmer, wo sonst Hochzeiten und so was stattfinden. Das hättest mal den Papa sehen müssen, wie kleinlaut er plötzlich war gegenüber den Polizisten. So als hätt' er eine Vase umgestoßen und keinen Krach machen wollen. Der Wirt hat aber erzählt, wie er mit der Ohrfeige angefangen hat und ich dann das Gleichgewicht verloren hab und hingefallen bin, worauf er mich dann an den Haaren wieder hochgezogen hat ... Die Polizisten wollten dann von mir wissen, warum der Vater das gemacht hat und ob das öfter vorkommt. Glaub mir ich war völlig fertig. Ich wusste ja nicht, was ich da jetzt sagen soll. Ich konnt' ja nicht gegen meinen eigenen Vater bei der Polizei aussagen, aber es war aber auch nicht möglich so zu tun, als wäre gar nichts passiert..."

Ricky: „Wegen der Zeugen..."

Susi: *„Ja, genau. Ich hab' Angst gehabt, dass sie ihn dann mit nehmen und die Mama hat sich dann an mir festgehalten als wenn sie ertrinken tät und mir dann was ins Ohr gesagt, was ich nicht verstanden hab. Ich hab' dann dem Polizisten gesagt, dass es meine Schuld war und dass der Papa nur deshalb ausgerastet ist, weil ich mit fünfzehn schon schwanger bin.*

Die Polizisten haben dann gesagt, dass wenn so was noch mal vorkommt, ich zum Jugendamt gehen soll und zu den Eltern haben sie gesagt, dass sie dort auch eine Meldung machen würden. Es sei halt doch etwas mehr gewesen als eine bloße Ohrfeige, die man vielleicht im Effekt noch verstehen könnt."

Ricky: *„Super."*

Susi: *„Aber das Schönste kommt ja noch."*

Ricky: *„Was denn?"*

Susi (lachend): *„Hausverbot haben's gekriegt vom Schorsch."*

Ricky (stimmt in das Lachen ein): *„Hausverbot im Stammlokal. Das ist groß."*

Susi: *„Gell, findest auch?!"*

Ricky: *„Ja, das Kartenhaus fällt so langsam in sich zusammen."*

Susi (nickt nachdenklich, steht dann wieder auf): *„Kann sein."*

Susi: *„Ja, richtig. Mein Puppenhaus ist heut Morgen ja vom Schrank runtergekracht und kaputt."*

Sie setzt sich auf einen Stuhl, greift sich an die schmerzende Lippe: *„Tut ganz schön weh, sag ich dir."*

Ricky: *„Immerhin hattest du jetzt dann deine erste Wirtshausschlägerei."*

Susi: *„Scherzkeks".*

Ricky: *„Wie im Wilden Westen. Mit Blut und Polizei und Pipapo."*

Susi: *„Und wie war's bei der Oma?"*

Ricky: *„Ruhig. Wir waren bei ihrem neuen Verehrer beim Mittagessen".*

Susi: *„Wer soll das sein?"*

Ricky: *„Du kennst doch die Pizzeria neben ihrem Haus, kurz davor ist ein kleines grünes Haus und da wohnt er. Älterer Mann, hat auch eine Nummer am Arm wie die Oma und der Papa. War amerikanischer Soldat, kommt aber aus Polen."*

Susi: *„Und was will der?"*

Ricky: „Unsere Oma."

Susi: „Quatsch mit Soße."

Ricky: „Warum denn nicht. Stell dir vor, wir könnten dann auch einen Opa haben, so wie die anderen."

Susi: „Wie kann ein Fremder dein Opa sein?"

Ricky: „Du kannst ihn ja auch kennen lernen. Ich find ihn nett. Er hat mir viele Sachen gezeigt. Amerikanisches Militärfernsehen, Armeeausrüstung mit Waffen. Fotos. Zumindest wird er dich nicht zusammenhauen."

Susi (aufgebracht): „Aber mit der Oma rummachen? Also bittschön ... nein, danke!"

Schweigen.

Ricky: „Und von wem sollst du jetzt eigentlich schwanger sein?"

Susi: „Wie? Seh ich so aus, als könnt ich keinen Freund haben? Wenn es doch sogar die Eltern geglaubt haben? ... ach, das war eine blöde Geschichte."

Ricky: „Bist du nun schwanger oder nicht?"

Susi (abwehrend): „Das soll ich jetzt einem Dreizehnjährigen sagen?"

Ricky: „Naja, ich wüsst' aus der Schule, dass das Weiblein dazu auch ein Männchen braucht."

Susi: „*Also es ist so. Die Tante Inge hat mich heute früh gefragt, ob ich denn schon einen Freund hab. Erst wollt' ich ja die Wahrheit sagen, dass ... aber dann hab' ich ihren Blick gesehen und hab daran gedacht, wie sie immer mit ihren vielen Verehrern angibt. Und du kennst ja auch das Gerede dauernd mit der Münchner Verwandtschaft, die auf uns herabschauen würden.*"

Ricky steht nun ebenfalls auf.

Ricky: „*Und an wen hast dabei gedacht? So als eingebildeten Freund?*"

Susi: „*Ach da gibt's schon welche, die mir gefallen würden. Der Achim, der Georg, der David, der Franz...*"

Ricky: „*Ich komm gleich wieder.*"

Er verlässt das Zimmer. Susi steht auf und geht zum Kühlschrank, wo sie sich eine Scheibe Käse nimmt und in den Mund steckt. Als sie sich wieder setzt kommt auch ihr Bruder zurück. Er hat eine Musikcassette in der Hand und hebt sie ihr entgegen.

Ricky: „*Darf ich?*"

Susi: „*Ja, aber nicht so laut. Es ist schon spät und Ärger gabs schon genug.*"

Ricky geht in ihr Zimmer, macht dort licht und steckt die Cassette in das Gerät, was man am Klacken hört. Dann ertönt leise das vom Schlagzeug begleitete langsame Gitarren-Intro von Led Zeppelins *„Since I've been loving you"*.

Susi: *„Soll ich weitererzählen."*

Ricky: *„Klar."*

Er macht das Licht aus und setzt sich nun zu ihr an den Tisch.

Susi: *„Also ich hab' der Inge dann gesagt hab, dass ich natürlich schon einen Freund hätte und dann wollte sie halt immer mehr wissen und dann hab ich halt so dahin gesagt, dass ich ja vielleicht schon schwanger sein könnt, es aber nicht wüsst'. Dann ist mir schon in den Sinn gekommen ist, dass das jetzt blöd war und hab sie gebeten, dass sie zu keinem was sagen soll."*

Ricky: *„Da kannst du auch 'nen Hund fragen, ob er dir 'ne Wurst übriglässt."*

Susi: *„Ja, so ungefähr. Wie gesagt, war saublöd von mir."*

Ricky: *„Sie hat es dann rausgeplaudert, weil sie besorgt war oder so?"*

Susi: *„Ja genau. Für mich wars ja anfangs nur ein Spaß. Ich wollt halt ein wenig angeben, so wie sie es ja auch immer tut. Aber nein, die dumme Kuh hat's dann ausgeplaudert, als ich für die Mama noch ein Cola-Weizen von der Theke* geholt hab. Ich hätt' sie mit meinen Augen erwürgen können. Ja und so ist es dann halt losgegangen."

Ricky: „Und das hat ihn also gleich in Fahrt gebracht?"

Susi: „Ja, und das was ich dann noch gesagt hab."

Ricky: „Und das war?"

Susi (verlegen, räuspert sich im Dunklen): „Ich weiß nicht, wie ich … ob ich das sagen soll. Na … obwohl … die Mama und Tante Inge wissen es jetzt ja auch. Also kann ich's dir ja auch … vielleicht glaubst du mir wenigstens."

Ricky: „Nun, ich höre."

Susi: „Ich hab' ja schon gesagt, dass ich nicht weiß, ob ich schon schwanger bin. Er war schön böse mit mir und hat geschumpfen, was ich mir denn denke, usw. Richtig wütend ist er aber erst geworden, als ich eine spöttische Bemerkung gemacht hab. Er hat gefragt, wer der Kerl sein soll, der sich mit mir einlässt und so. Dass der ja kein Anständiger sein könnt. Solche Sachen. Und da hab ich eben zurück gegeben, dass der Papa selbst mir ja als Kind schon gezeigt hat, wie das geht … und … ja mein Gott. Das war ihm dann zu viel. Und dann hat er gleich zugeschlagen."

Ricky: „Das war dann der Spiegel".

Susi: „Ja und er ist zersprungen."

Ricky: „Hammergeschichte. Du hast also also mehr mit dem Papa gehabt als mit dem Franz oder Achim."

Susi: „So kann man es auch sagen."

Ricky: „Toll, und wie geht's weiter."

Susi: „Die Mama geht mit mir morgen zum Frauenarzt zum Untersuchen."

Ricky: „Und dann?"

Susi: „Er wird wohl feststellen, dass die Aufregung umsonst war."

Ricky: „Bin ich gespannt, was mir der Basti morgen erzählen wird."

Susi: „Unsere Familie ist total im Eimer, wenn man es sich in Ruhe überlegt."

Ricky: „Aber nur dann. Also lohnt sich das Nachdenken nicht und man tu es auch nicht, außer wenn man zu viel Zeit dazu hat."

Susi: „Ich weiß nicht, wie das wieder gut werden könnt was heute passiert ist. Das war einfach zu viel was heut kaputt gegangen ist."

Ricky: „Solange der Mensch lebt, solange hat er Hoffnung, heißt es im Talmud."

Susi: „Deine Bücher sind ja vielleicht doch nicht so blöd."

Ricky: „*Hast Lust, schleichen wir uns raus und gehen eine Pizza essen? Ich hab' einen Zwanziger von der Oma bekommen. Da kriegen wir auch noch 'ne Limo dazu.*"

Susi macht im Nebenzimmer die Musik aus, dann das Licht in der Küche an. Beide verlassen den Raum.

Originaltapeten-Ausschnitt aus der Küche der Autorin in 1970ern

Über das Stück und seine Autorin

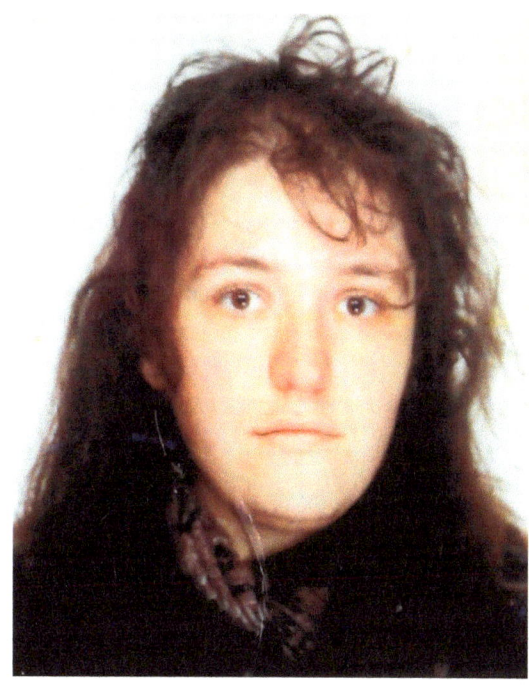

Passfoto 1991

Chana Tausendfels wurde 1963 in München geboren und machte 1981 ihr Abitur am Augsburger Peutinger Gymnasium, zu dessen bekannteren Schülern, als es noch Realgymnasium hieß auch Bertold Brecht gehörte. Sie war gelernte Betriebswirtin und hatte zudem in Heidelberg eine Ausbildung als Bauzeichnerin absolviert, arbeitete dann in der Verwaltung, mehrfach ausgezeichnet im IT-Marketing und in der Buchhaltung. Sie verfasste zahlreiche Gedichte und Kurzgeschichten. Darüber hinaus schuf sie als Malerin und Designerin eine Reihe von Werke, überwiegend mit jüdischen Motiven, etwa für Buchillustrationen. Als Malerin hatte sie in den 1990er Jahren eine Anzahl von kleineren Ausstellungen in Augsburg, München, Ulm und Heidelberg.

Chana Tausendfels war zweimal verheiratet und geschieden, blieb aber kinderlos. Im Dezember 2016 verstarb sie völlig überraschend im Alter von nur 53 Jahren drei Monaten und drei Tagen. Monate vor ihrem Tod erlebte sie noch die Veröffentlichung eines Gedichtbands Augsburger Juden mit dem Titel „Übertretungen", zu welchem sie eine Reihe von Werken beigesteuert hatte. Von 2006 bis zu ihrem Tod war sie zweite Vorsitzende des Jüdisch Historischen Vereins Augsburg (JHVA), der sich der Erforschung und Publikation der bald zweitausendjährigen Geschichte der Juden in der Stadt und Region widmete. Dazu leistete Chana Tausendfels wesentliche, unverzichtbare Beiträge.

Ihr Theaterstück „*Immer am Wochenende*" hatte sie bereits Anfang der Neunziger verfasst und zuletzt in Teilen überarbeitet. Die hier nun vorliegende Fassung basiert auf dem Skript, dass sie noch im Herbst 2016, wenige Wochen vor ihrem Tod für den Zweck einer Veröffentlichung überarbeitet hat. Der familiäre Stoff des Stücks, enthält zwar eine Reihe von Anspielungen aus dem Leben der Autorin, spiegelt aber *nicht* ihre tatsächlichen Erfahrungen und Verhältnisse wieder, sondern, wie sie betonte, reflektiert eher Zeitkolorit und Lebensverhältnisse der sog. „Zweiten Generation" in der 1970er Jahren, den Jahren ihrer Jugend.

- Yehuda Shenef, Herausgeber, Ende April 2018
(23. Omer 5778)

Begründung einer Ungetöteten

Ein jeder kennt sie, die Ungeborenen
Obwohl sie keinen Namen tragen
Doch wer ist sich der vielen gewahr
Die Namen tragen, unter uns weilen
Und *Ungetötete* sind …?
Sie sind Ungetötete, weil sie überlebten,
Was nach der Vernunft aller Experten
Tödlich sein konnte, … ja musste.

Töricht spricht man hier allzu gerne
Vom imaginierten seidenen Faden
An dem unser, ja „das" Leben hinge
Wie an einer postnatalen Nabelschnur
… *Faden Unser der du bist* …!
Ganz so, mein Freund, als wären wir,
Als wären wir nur bloße Marionetten
Doch das sind wir *nicht*, oder etwa … *doch*?

Im Zweifel frag Gott danach, ich bitte Dich
Dich gerade, der nie zweifelt
So als wäre alles um uns herum gewiss
Alles … in uns, … gewiss.
Aber schreib mir seine Antwort
Auf meine Facebook-Seite
Die *nicht* existiert.
Du weißt schon
Wie das geht.

Früher hätte ich gesagt: ins Poesie-Album.
Doch das belegt ja letztlich nur,
Dass ich eine Ungetötete bin,
Eine die wie Du, ich weiß …
Schon tot sein könnte, müsste!

Und was lernte ich aus alledem?
Den Moment zu erleben, zu genießen
Ganz so wie es gesagt wird
Von unser aller liebsten König und Herrscher

Und wenn es gut war
Dann war es ein Augenblick
Der mich Dich zeigte.
Lass uns spielen ...
Noch für einen Moment ...

Chana Tausendfels
13. September 2016

Übertretungen

zeitgenössische Gedichte Augsburger Juden

Yakiv Samoylovych, Yehuda Shenef, Chana Tausendfels

Paperback, 72Seiten, 5,00 €

ISBN: 9783848204519

Chana Tausendfels

(1963-2016)

Immer am Wochenende

- ein Stücken in Stücken

© 1991/2016

Herausgegeben von Yehuda Shenef

Cover und Layout: Yehuda Shenef

Herstellung und Verlag: BoD -

Books on Demand, Norderstedt

ISBN: 9783752835052